# 이번 생은 황제로 살겠다

STAY 판타지 장편소설

이번 생은 황제로 살겠다 6

**초판 1쇄 발행 2023년 9월 18일**

지은이 ǀ STAY
발행인 ǀ 최원영
편집장 ǀ 이호준
편집 ǀ 송영규 최종건 정재웅 양동훈 곽원호 조정범 강준석 김시언
편집디자인 ǀ 한방울
영업 ǀ 김민원

펴낸곳 ǀ ㈜ 디앤씨미디어
등록 ǀ 2002년 4월 25일 제20-260호
주소 ǀ 서울시 구로구 디지털로 26길 111 JnK디지털타워 503호
전화 ǀ 02-333-2513(대표)
팩시밀리 ǀ 02-333-2514
E-mail ǀ papy_dnc@dncmedia.co.kr
블로그 ǀ blog.naver.com/gnpdl7

ISBN 979-11-364-4725-8  04810
ISBN 979-11-364-4483-7  (SET)

PAPYRUS FANTASY STORY

6

# 이번생은
# 황제로 살겠다

STAY 판타지 장편소설

PAPYRUS
파피루스

1장. 증명 · 7

2장. 선포 · 79

3장. 시작 · 123

4장. 왕의 증표 · 171

5장. 침묵 vs 시간 · 243

6장. 확장 · 301

1장. **증명**

증명

"좋은 구경할 기회를 놓쳤잖아."

페르노크가 웃으며 말한 순간, 플레미르 공작은 등줄기가 서늘해졌다.

거리가 가까워질수록 온몸을 억누르는 듯한 마력에 살이 떨려 온다.

'놈은 이미 마도사다.'

세간의 소문과 달리, 페르노크는 마도사의 경지에 이르렀다.

'S급 길드에 마도사라면 곧 흑급 용병이 되어도 이상하지 않다.'

어느 나라를 가도 대접받을 자가 굳이 자신을 왕자라 부르며 영지전을 벌이는 걸까.

"단장님, 어떻게 할까요?"

"섣불리 움직이면 우리가 위험하다."

"예?"

"마도사다."

"……!"

"얼마나 크게 번질 산불인지 조심히 확인해야겠구나."

단원들이 긴장한 표정으로 고개를 끄덕이자 페르노크가 피식 웃었다.

"너무 어려워하지 마. 내가 설마 이 나라의 공명정대한 조사단에게 해코지라도 하겠어?"

그 말을 기다렸다는 듯 성문이 열렸다.

"들어와서 내 무고함을 증명해 달라고."

여전히 성루에서 웃는 페르노크의 여유가 심상치 않았다.

플레미르 공작이 성안에서 풍기는 절제된 마력을 느끼며 단원들과 들어섰다.

"충!"

용병이라곤 생각되지 않을 질서정연한 모습이 제일 먼저 눈에 들어왔다.

진상조사단을 환대하려는 듯 양측에 정복을 차려입은 길드원들이 도열해 있었다.

'모두 마법사?'

4, 5레벨이 수백 명이었다.

게다가 그들 선두에 6레벨의 마법사도 여럿 존재한다.

왕실에서 기사단을 꾸린다면 5개는 족히 만들고도 남는다.

가히 공작가와 비교될 만한 전력이다.

'백작령으로는 감당이 안 되겠군.'

그런데 최근 함락당했다는 백작령엔 위험한 기색이 전혀 없었다.

저 멀리 길거리에선 백성들이 자연스럽게 돌아다니는 중이었다.

길드원이 손을 흔들자 아이가 웃으며 반기기까지 한다.

영지전이 펼쳐졌다는 말을 듣지 못했다면 처음부터 네임드의 성이라 생각될 정도였다.

'누가 침략자인지 원…….'

플레미르 공작이 낯선 상황을 주시하고 있을 때였다.

"위로 모시겠습니다. 남은 분들은 저쪽에 마련한 숙소에 잠시 계셔 주십시오."

살리오가 정중히 나서자 조사단원들이 경계했다.

"이곳의 상황을 낱낱이 보고해야 할 의무가 있네."

"저흰 숨길 것 하나 없습니다. 안심하십시오."

"침략자의 말을 누가 믿어."

"그러실 것 같아서, 저희가 왜 영지전을 벌였는지 일목요연하게 정리해 두었습니다."

살리오가 손짓하자 길드원이 나무 상자를 들고 왔다.

그 안에 장부와 지금까지의 일을 정리한 기록이 담겨 있었다.

"잠시 쉬면서 저희의 주장을 살펴보십시오. 그리고 석연치 않거든, 조사단장님과 왕자님의 대화가 끝나는 대로 이곳을 수색하시면 됩니다."

"그……."

순순히 협조하는 살리오의 태도에 단원들이 눈치를 살폈다.

플레미르 공작이 고개를 끄덕였다.

"한 치의 실수도 없이 확인하도록."

"예."

단원들이 길드원들을 따라 접객실로 들어갔다.

플레미르 공작은 살리오와 함께 성루에 올랐다.

전방이 탁 트인 그곳에 탁자를 가져다 놓은 페르노크가 차를 따르고 있었다.

"앉지."

플레미르 공작이 맞은편에 앉아 페르노크를 살펴보았다.

역시나 심상치 않은 마력이다.

페르노크가 차를 플레미르 공작에게 건네며 선뜻 말했다.

"영지민들이 특산품이라고 주더군. 향이 나쁘지 않아."

이 당당함의 이유가 어디에서 나오는 걸까.

플레미르 공작은 차를 치우고 페르노크를 응시했다.

"일루미나 왕실 진상조사단장에 임명된 플레미르 공작이다."

"알고 있어. 유령 잡는 플레미르. 귀에 따갑도록 들었지. 왕국에 몇 없는 마도사께서 직접 여기까지 나선 걸 보면, 역시 1왕자 파벌인가?"

바로 치고 들어오자 플레미르 공작이 무심히 답했다.

"난 왕을 섬긴다. 하여, 왕족들 간의 불미스러운 일도 한 점 의혹 없이 처리하려 한다."

"지금 이 왕국에 중립파가 있던가? 내가 모르는 또 다른 세력이 있었나. 아니면, 그 망나니를 마냥 따랐던 건가."

처음으로 플레미르 공작이 미간을 찌푸렸다.

"감히, 전하를……."

"이미 죽은 사람이잖아. 게다가 내 어머니를 가지고 논 망나니이기도 하고. 난 아버지란 작자에 대한 기억이 없어. 그런데 지켜야 할 예우가 있나?"

"진정, 본인을 사생아라 일컫는가."

"그게 아니면 내가 미치지 않고서야 르젠에 자리 잘 잡고 있는데 여기까지 왔겠어?"

"어디서 태어났으며, 지금까지 무엇을 했기에 왕국에 혼란을 초래하는지 소상히 고해라."

플레미르 공작이 자잘한 말들을 거두겠다는 듯 심문에 들어서자, 페르노크는 차를 홀짝이며 태연히 답했다.

"팔키온 후작령 근방 작은 마을에서 태어났다. 평화로운 곳이 1왕자 덕분에 잿더미가 되었지."

"반스 왕자님이 왜?"

"내가 사생아인 걸 알고는 주민을 학살하고, 마을을 불태웠다. 나는 다행히 목숨을 건졌지만, 투기장으로 끌려갔다."

"투기장?"

"팔키온 후작이 관리하는 더러운 곳이지. 생사를 넘나든 끝에 마법을 각성했고, 운 좋게 탈출해서 르젠으로 넘어가 지금에 이르렀지."

"하여, 원한을 가지고 후작을 죽였단 말인가."

"용병의 세계에서 배운 건 그래. 은혜는 은혜로, 원한은 복수로 갚으라고. 난 내가 살아온 환경에 따라서 행동했을 뿐이야."

"한데, 어찌하여 다른 영지를 침범한 것인가?"

"그들이 내 사람들을 착취했기 때문이지."

플레미르 공작의 눈동자가 싸늘해졌다.

"정식으로 인정받지 않은 영지에서 멋대로 영주로 활동하여 대리 전권을 휘둘렀단 말인가."

"난 그럴 자격이 있어. 언어를 조금 순화해서 왕족능멸죄지, 따지고 보면 후작은 반란을 도모한 게 아닌가."

"반란?"

"후작은 내가 사생아인 걸 알고 있었다. 그럼에도 투기장에 보내서 천천히 죽어 가는 모습을 즐기고 있었지. 모든 걸 은폐하고 왕족을 묻어 버리려는 행위가 이 나라에 반기를 든 게 아니면 뭐란 말인가."

지극히 부드러운 어조에서 가슴을 파고드는 날카로움이 전해졌다.

"역도를 치고 거머쥔 영지. 당연히 난 왕족으로서 우리나라의 백성들을 지키고자 했다. 한데, 저 간악무도한 불트, 찰스, 푸키스는 팔키온과 협력하여 그릇된 일을 서슴없이 저지르고 있었다."

"잠깐, 푸키스 백작령까지 갔단 말인가?"

"아, 지금 이곳에 있어. 셋 모두."

진상조사단이 정보를 받지 못한 그 짧은 사이에 백작령 세 곳을 쓸어버렸단 말이 믿기지 않아 놀라고 말았다.

"왕족을 능멸한 팔키온은 즉결 처분했지만, 남은 셋은 영지전의 패배자라 내가 고이 감옥에 모셔 뒀지."

"다른 자들은?"

"아…… 죽여 버릴까 고민했는데, 난 애국심이 투철해서 말이야. 국법에 따라서 똑같이 가둬 뒀어."

"모두 이곳에 있나?"

"지금이라도 당장 확인시켜 줄 수 있지만, 나도 대가를 받아야지."

플레미르 공작의 눈이 날카로워졌다.

"참관인 없이 이루어진 영지전에서 배상을 받겠다고?"

"단원들이 확인한 서류에 내 근거는 모두 적어 놓았다. 이곳의 재물도 빠짐없이 회수했지. 원한다면 국고로 가져가도 좋아. 대신, 내가 후작령을 가지는 것 또한 인정해야겠지."

"터무니없는 소리를 너무 쉽게 해서 어디부터 따지고 들어가야 할지 고민되는군."

"쉽게 생각해. 어차피 당신도 딱 하나만 확인하러 온 거잖아."

페르노크가 씨익 웃었다.

"내가 진짜 왕족이라고 증명한다면 지금 모든 얘기들을 사실로 받아들일 수밖에 없지 않겠나."

"……."

"단장, 그대가 나와 적대할 생각이었다면 공작가를 단체로 끌고 오거나, 왕실 기사단을 대동했을 거야. 당신이 마도사라도 내가 S급 길드의 소유자라는 걸 안 이상 확실히 제거하려면 병력이 필요했겠지."

플레미르 공작은 아무런 말도 하지 않았다.

"그런데, 고작 단원 4명만 이끌고 왔어. 이걸로 나와 전쟁이라도 하겠다고?"

진상조사단의 업무는 사실을 확인하고 그에 대가를 치르도록 하는 것이다.

대가라 함은 벌만 존재하는 것이 아니라 상을 주는 의무 또한 포함한다.

"정말로 그런 아둔한 머리를 가졌다면 여왕이 진상조사단장으로 임명하진 않았겠지. 적어도 그대가 본 것만큼은 여왕도 신용한다는 뜻이니, 혹시 몰라 챙겨 오지 않았나. 나를 증명할 수단을."

영지전을 치른 방식은 용병답게 과감하지만, 플레미르 공작을 떠보는 모습은 오히려 노회한 정치인을 연상케 한다.

오히려 조사하러 온 쪽에서 가진 패를 꺼내기도 전에 파악당하고 말았다.

플레미르 공작은 긴말하지 않고 탁자에 작은 병을 올렸다.

붉은 피가 동글게 맺혀 있었다.

페르노크의 아버지이자 전대 왕의 피다.

"1차 검증이다."

마법으로 보관된 피를 빈 그릇에 털었다.

"네 피를 이곳에 떨어뜨려라."

만약, 페르노크가 왕족이라면 전대 왕의 피와 그의 피가 함께 섞일 것이다.

'비슷한 혈액일 수도 있지.'

오래전에 자신을 왕자라고 부르는 자가 왕국에 나타났다.

그도 피의 검증을 거쳤고 통과했다.

하지만 그 이후의 검증을 실패했다.

알고 보니 혈액만 비슷한 경우였던 것이다.

그런 사태를 알고도 피의 검증을 실시하는 이유는 혹시나 모를 가능성에 대비하기 위함이다.

피로 확인된 자 검의 증명을 받으라.

일루미나엔 오랫동안 간직되어 온 왕의 검이 있었다.

진정한 왕의 혈통이라면 그 검을 붙잡고 자신을 증명한다.

피의 검증은 그것으로 가기 위한 절차였다.

"내 피 값은 좀 비싼데."

피식 웃은 페르노크가 엄지를 깨물어 피를 그릇에 떨어뜨렸다.

그 순간, 전대 왕과 페르노크의 피가 하나로 섞였다.

플레미르 공작의 눈이 깊어졌다.

"나 같은 사생아도 고귀한 피를 타고났나 보군."

여왕은 이런 사태가 벌어지기를 바라지 않았다.

하여, 플레미르 공작을 보냈다.

피의 검증이 틀어지는 순간, 근방 영지의 병사들을 모두 이끌고 페르노크를 치라고.

전쟁을 고려하지 않았다는 페르노크의 생각은 틀렸다.

플레미르 공작은 국경 수비대까지 모두 동원할 생각을

하고 있었다.

하지만 바라지 않는 사태가 발생했다.

"이제 나를 인정하겠나?"

"아직, 하나의 검증이 남아 있다."

"하하, 피로 맺어졌는데 뭐가 또 필요해?"

"오래전에 이와 유사한 경우가 있었지. 그자는 아주 드물게도 일루미나의 고귀한 피와 유사한 혈액을 가지고 있었다. 하지만 '검'에게 인정받지 못하여 왕족을 능멸한 죄를 물었지."

"그런 말을 들어 본 적도 있는 것 같군."

"검의 인정을 받으라. 하면, 내 여기서 보고 판단한 내용을 모두 인정하여, 그대를 왕족으로 받들겠다."

"그럼 검을 가져와."

"검은 오직 왕이 쥘 수 있다. 지금은 왕께서 승하하셨으니, 여왕께서 검으로 그대를 판가름할 것이다. 나와 함께 수도로 가서 증명받도록."

"그건 어렵겠어."

"뭐?"

"나를 노리는 놈들이 너무 많아서, 이대로 왕궁에 들어갔다가 자칫 분란을 일으키면 어쩌나."

플레미르 공작이 미간을 찌푸렸다.

"그런 허무맹랑한 소리로 지금 검증을 회피하겠다는 건가?"

"모두 왕국의 안위를 생각해서 하는 말이야. 그리고 여왕께선 지금 이 사태를 궁금해하시지 않나. 차라리, 당신이 여왕을 모셔 오는 건 어때?"

플레미르 공작이 탁자를 내리쳤다.

"정도라는 게 있는 법이다."

"무례는 이 왕국이 내게 저질렀지."

"지금 도망치겠다는 것이냐."

"그리 불안하면 당신이 여기 남고, 내 심복을 대신 왕국으로 보낼까?"

대체 무슨 생각을 하는지 이해할 수 없어서 플레미르 공작은 페르노크를 뚫어져라 쳐다보았다.

"당신은 조사가 필요하고, 난 증명해야 하는데, 피차 이곳에서 움직이기 어려운 상황이라면 여왕님을 모셔야지. 하나, 그것이 내가 도망칠까 봐 변명하는 것으로 들린다면 내 충직한 심복을 보내 각오를 증명하면 될 게 아닌가."

"……"

"자꾸 어렵게 생각하니까 말이 길어지지. 난 말 다 전했어. 피로 증명했고, 이제 혼란을 바로잡을지 말지는 당신의 선택에 달렸다."

페르노크가 탁자에 턱을 괴며 부드러운 미소를 지었다.

"내 말대로 양쪽에 이득이 되는 방향으로 움직일 텐가. 아니면, 믿지 못하고 전쟁을 시도할 텐가."

"일루미나가 우습게 보이더냐."

"이 정도면 많이 참아 주고 있는 거야. 그리고 당신이 한 가지 간과한 게 있는데, 내가 지금 르젠에 붙어서 향후에 일루미나로 쳐들어올지도 모른단 생각은 안 해 봤어?"

"……!"

"난 아쉬울 게 없어. 당신의 선택에 따라서 네임드는 일루미나를 지키는 검이 될 수 있고 혹은 르젠에 투신하여 국경을 부숴 버리는 창이 될 수 있다."

페르노크의 미소가 진해졌다.

"이제 어떻게 할지는 당신의 판단에 맡기지, 전대 왕을 섬기는 플레미르 공작. 하하하하하!"

\* \* \*

날이 저물도록 고심한 플레미르 공작은 한 통의 서신을 단원에게 맡겼다.

"내가 이자를 어디로도 가지 못하게 막아 놔야겠구나."

"예?"

"교활한 자다. 일루미나에 필요한 무력을 어떻게 활용할지 잘 알고 있어. 이것이 르젠에 넘어가 우리의 목을 치는 작두가 된다면, 나는 필시 오늘을 후회할 것이다."

플레미르 공작이 단호한 표정으로 말했다.

"더는 혼란을 초래하지 못하도록 내가 감시하고 있을 테니, 너는 살리오라는 자와 함께 여왕님을 찾아가 서신을 드리거라."

"알겠습니다!"

단원이 살리오와 말을 타고 성을 떠났다.

길드장들은 성루에서 그 모습을 지켜보고 있었다.

조디악이 불안하여 페르노크에게 물었다.

"굳이, 살리오를 보낼 필요가 있었습니까?"

"귀족이 되고 싶어 하니, 여왕에게 눈도장이라도 찍으라고 보냈지."

"그럴 필요 없이 왕자님께서 같이 가면 되지 않았습니까."

"내가 왜 왕궁에 들어가서 증명해?"

길드장들이 의아한 시선을 보냈다.

"내가 왕궁에 들어가서 검의 증명을 받는다 한들 그 사실은 귀족들밖에 모르지 않나."

"음…… 그러네?"

"하지만 여왕이 이곳까지 찾아온다면?"

"그래도 왕이니까 군사를 끌고 오겠지."

"플레미르 공작이 있으니 사태가 좀 더 심각하다 느끼고 많은 수를 데려올 거야. 그런데 우리가 지금 점령하고 있는 영지는 누구의 파벌인가."

"그야 1왕자의…… 아!"

엔리가 탄성을 터트리자 길드장들도 이해했는지 고개를 끄덕였다.

"같은 파벌의 귀족, 그걸 견제하려는 놈들, 정보원, 세력 모두가 여왕의 군세에 합류해서 찾아오겠지. 물론, 병사들까지 포함해서 말이야."

자신의 존재를 왕국의 모든 백성이 알아야 한다.

"병사들은 가족들에게 직접 본 사실을 전하고, 다시 백성들은 백성들에게 말을 잇는다."

소문은 소문을 타고 꼬리를 물어 이윽고 왕국 전역에 퍼진다.

"그들은 지금 내가 점령한 영지들이 어떻게 지내는지도 궁금해하겠지."

민심을 우선시한 건 바로 이것 때문이었다.

"너희라면 낙원이 눈앞에 있는데, 외면하고 지나칠 수 있겠어?"

길드장들이 크게 웃으며 일련의 행동들이 무엇을 위한 결과로 이어지는지 깨달았다.

페르노크는 여왕의 군세를 통해 귀족과 백성 모두에게 자신을 증명하고, 이곳의 일을 목격하게 하여 새로운 현실로 유도하게 하는 것이다.


"나라의 근간은 백성이다."

페르노크가 처음에 했던 그 말이 이제야 이해했다.

팔키온 후작령을 중심으로 불트, 찰스, 푸키스 백작령을 잇는 거대한 경계선.

그것은 곧 북부에 탄생할 새로운 영지를 의미하고, 검의 증명을 위해 모여든 대군은 이를 전파하여 백성들이 모여들도록 만들어 줄 증인이 될 것이다.

"백성들을 긁어모은다. 내 영지로."

왕국 안에 또 다른 왕국을 짓는 것.

페르노크의 점령전은 그것을 위한 포석이었다.

"리오에게 식량과 물자를 더 보급하라 일러. 예상보다 계획이 앞당겨졌으니, 많은 백성을 배불리 먹일 보급품이 필요하다고."

"바로 전달할게!"

엔리가 내려갔고, 길드장들은 이후의 일을 검토하며 일사불란하게 움직였다.

페르노크는 영지와 영지를 잇는 광활한 북부를 바라보았다.

검이 증명하는 날, 이곳은 그의 성역이 될 것이다.

\* \* \*

대전에 수많은 귀족들이 모였다.

진상조사단으로 떠난 플레미르 공작의 보고서가 여왕

의 손에 있으니 궁금해서 참을 수 없었다.

필레나가 서신을 모두 읽고 굳은 표정으로 엄숙히 고했다.

"고개를 들어라."

조사단원이 고개를 들자, 필레나가 옆쪽의 살리오를 보았다.

"네게 묻고 싶은 것이 있다."

살리오가 한쪽 무릎 꿇은 상태에서 고개만 들어 올렸다.

한 나라의 대전치고 감도는 분위기가 몹시 가벼웠다.

'여왕은 정말 허수아비인 걸까.'

긴장이 확 풀렸다.

살리오가 마음 편히 필레나와 눈을 마주쳤다.

"팔키온 후작의 죽음이 왕족능멸죄라고 하였다. 진정 사실인가."

"그렇습니다."

"그대는 누구인가?"

"저는 페르노크 왕자님을 모시고 있는 네임드의 부길 드마스터 살리오라고 하옵니다."

필레나가 미간을 찌푸렸다.

"아직 그놈을 왕족이라 받아들이지 않았다."

"송구하옵니다. 하오나, 존경하는 여왕 전하! 그리고 여러 대소 신료에게 감히 고합니다. 페르노크 왕자님은 일루미나의 피를 이었으며, 이는 팔키온 후작이 죽어 가면서 인정한 사실이옵니다! 전대 왕이 뿌린 씨앗을 어찌 외면하신단 말입니까!"

"감히······!"

소리치려던 필레나가 입을 다물었다.

다른 대소 신료들과 왕족들도 마찬가지였다.

아르잔 알 일루미나.

현군은 아니었으나 나름 일루미나를 잘 이끌었던 왕이다.

복잡한 외교 관계에서 잘 처신했다는 평가까지 받고 있다.

하지만 그의 한 가지 단점은 젊은 날의 방탕한 사생활이다.

하루도 여자가 없으면 잠을 자지 못하는 호색한인지라 필레나도 언제나 골머리를 앓았었다.

페르노크.

존재하지도 않는 왕족의 이름이 아르잔과 함께 거론되었을 때, 필레나는 심장이 철렁거렸다.

"페르노크 왕자님께옵선 팔키온 후작에게 이루 말하기 힘든 모욕을 당하셨습니다. 심지어 목에 칼이 박힐 뻔한 상황까지 직면하셨지요. 이는 후작령을 지탱하는 유력 가문의 자제들도 모두 지켜본 사안입니다. 하여, 감히 바라옵건대, 부디 전하께옵서 부정한 무리들을 물리치고 페르노크 왕자님께 검의 증명을 받도록 허락해 주시옵소서!"

살리오가 넙죽 엎드렸다.

귀족들은 그의 절절한 목소리에 헛기침만 하며 필레나를 응시했다.

세 자식의 경쟁만 기다리는 그녀는 새로운 왕위 후보자를 인정할 것인가.

파벌들의 관심이 집중되는 대전 한복판으로 또각거리는 소리가 울려 퍼졌다.

필레나가 직접 구두로 계단을 밟고 내려왔다.

"팔키온 후작······."

사실, 그녀는 1왕자 반스의 무자비한 과거를 알고 있었다.

'반스가 모든 싹을 죽였어. 그 사람의 치부는 더 이상이 왕국에 남겨져 있지 않아!'

반스가 사생아들을 죽이고 다닌다는 소문이 퍼지지 않도록 그녀가 나름 손을 썼다.

야심 많은 첫째가 왕위 구도를 명확하게 만듦과 동시에 변수까지 줄이려는 기특한 생각을 기특하게 여겼었다.

'첫째가 실수했을 리 없어. 그런데 페르노크? 이놈은 뭐지? 우리가 놓친 사생아가 있단 말이야?'

능력 없는 왕족은 적당한 곳에서 여생을 마친다. 신경쓸 필요도 없었다.

보통의 나라들이라면 사생아의 존재 따위 신경조차 안

썼을 것이다.

하지만 일루미나는 왕위 절차가 독특하다.

초대 국왕이 모든 왕족에게 정당한 권리가 있으며 하나의 무기를 쥐여 줘야 한다고 명시했기 때문이다.

이는 일루미나가 처한 독특한 상황에서 비롯되었다.

강대국들 한복판에서 살아남아야 했던 일루미나 왕가는 보다 강한 씨에게 나라를 물려줘야만 했다.

설사 방계라 하여도 피를 이어받았다면 그자의 능력을 살려 나라를 지켜야 한다.

이것이 초대 국왕 때부터 내려온 일루미나의 정당한 왕위 절차였다.

따라서 왕의 피를 이어받은 자들에게 영지나 기사단 혹은 기반이 되는 세력이 하나씩 주어진다.

반스가 사생들을 변수라고 칭하며 죽인 과정들을 칭찬한 이유였다.

'정말 사생아가 살아 있었다면, 그게 페르노크라는 놈이라면…… 참 영악하구나.'

팔키온 후작을 죽이고 사건을 부풀려 많은 관심을 이끌어 냈다.

차라리 왕궁에 들어왔다면 독이라도 먹여 은밀히 처리했을 텐데, 이젠 그조차 불가능해졌다.

'정말, 그놈이 사생아이고, 검의 증명을 받는다면…….'

S급 길드에 더하여 팔키온 후작령이 페르노크 손에 떨

어진다.

그건 곧 굳어져 가던 왕위 쟁탈전에 새로운 바람이 몰아친다는 뜻이다.

지금도 마물의 산맥으로 많은 용병들이 모여들고 있다.

여기에 영지가 더해진다면 그 힘은 이루 말할 수 없이 팽창한다.

어쩌면 자식들을 지지하는 세력들이 페르노크의 힘을 눈여겨볼지도 모른다.

S급이란 그 정도의 파급력을 지니고 있다.

'당신은 죽어서도 내게 골칫거리만 남기는군요!'

하지만 필레나에겐 다른 선택지가 없었다.

플레미르 공작이 피의 인증 절차를 확인했다.

그는 아르잔을 따르기에 현재 누구의 편도 들지 않는다.

여기서 그의 인증을 무시했다간, 왕위 쟁탈전에 어떤 변수가 새롭게 창출될지 모르는 일이다.

"고개를 들거라."

살리오가 다시 고개를 들어 올렸다.

필레나의 눈길이 싸늘했다.

"검에게 증명받지 못한다면, 너희의 삼족을 멸할 것이다."

"결코 거짓이 아님을 페르노크 왕자님께서 증명하실

겁니다!"

필레나가 입매를 뒤틀었다.

"검을 준비하시오!"

"......!"

설마, 페르노크의 뜻대로 움직일 거라 생각하지 못했던 귀족들은 놀란 눈을 서슴없이 드러냈다.

"공작이 인정하였소! 나 또한 경들에게 얘기한 대로 왕위 후보자를 검증하는 사람으로서 페르노크를 심판할 것이오!"

"하오나, 전하! 그곳은 멀고 위험합니다!"

"무엇이 위험한가! 어차피 다 일루미나의 것이거늘."

저들은 모른다.

주군을 잃은 플레미르 공작은 새로운 왕위 후보자로 누구를 선택할지 고민하고 있으며, 심기를 건드리는 자가 있다면 반드시 대립할 것이라는 사실을.

증명하셔야 합니다.

서신 말미에 적힌 그 한마디가 플레미르 공작의 단호함을 떠올리게 했다.

아르잔과 함께 왕위 쟁탈전을 펼칠 무렵, 어렵게 설득하여 당시 백작이었던 플레미르와 사경을 헤쳐 나갔다.

무력과 지력, 판단력.

무엇 하나 흠잡을 곳이 없어서 여색에 미쳐 살던 아르
잔도 플레미르의 말은 항상 귀 기울여 들었다.
그때, 7레벨이었던 그는 지금 마도사가 되었다.


잊지 마십시오.
아르잔 전하께서 승하하실 때, 제가 그 자리에 여왕님
을 추천한 이유는, 그곳이 '관망'하는 자리이기 때문입니
다.


가뜩이나 자식들을 감싸고 돈다는 말이 왕실에 나도는
데, 여기서 고집을 내세웠다간 플레미르와의 관계가 불
편해질 수도 있다.
'그래, 페르노크 때문이 아니야.'
플레미르가 핵심이다.
어느 무엇에도 속하지 않았으나, 중립파라고 하기엔 왕
좌에 충심을 보이는 그자가 괜히 왕위 쟁탈전에 끼어들
지 않기를 바랄 뿐이다.
"하나, 페르노크 길드장의 위세를 가벼이 넘기긴 어렵
다. 검이 페르노크 길드장을 증명하지 않으면 엄벌을 내
릴 것이니, 그리 알고 기사단과 병력을 준비하라!"
"예, 전하!"
필레나가 손을 저으며 대전을 빠져나갔다.
지금 이 시국에.

왕위 구도가 정리가 끝난 이 시점에.

느닷없이 나타난 사생아.

그 여파가 어디까지 뻗어 나갈지 아무도 예상할 수 없었다.

                        *  *  *

예로부터 새로운 왕위 후보를 결정짓는 건 왕의 역할이다.

이제 그 역할을 이어받은 필레나가 직접 왕의 검을 가지고 긴 여정에 올랐다.

근위 기사단과 병사 수천이 따랐으며, 사생아를 궁금해하는 귀족들도 힘을 보탠다는 명분으로 사병을 동원했다.

1왕자 파벌은 지금 단단히 이를 갈고 어떻게든 페르노크의 흠만 잡을 생각으로 필레나를 뒷받침했다.

그 사이 팔키온 후작령에서 시작된 소문이 왕도까지 들려오고 있었다.

일루미나에 왕의 피를 이어받은 새로운 왕족이 나타났다.

그자는 팔키온 후작 손에 죽을 뻔하였으나, 타고난 힘과 지력으로 이를 극복했다.

그리고 후작이 착취한 재물을 다시 영지민들에게 나눠
주니.

그자가 바로 최초의 S급 길드 네임드의 마스터, 페르노
크 알 일루미나다.


알면 알수록 페르노크의 위세는 대단했다.

평소, 용병들은 야만인이라고 생각했던 필레나의 판단
이 흔들릴 정도로 규율과 체계가 잡혀 있었다.

살리오라는 자만 봐도 알 수 있다.

'기사단이라도 만들려는 건가.'

6레벨 마법사만 7명에 페르노크는 7레벨 마법사.

'마도사라고 했었지.'

아니, 마도사라고 플레미르가 서신에 적었었다.

직접 보기 전까지 믿고 싶지 않았다.

하지만 그 모든 내용이 사실이라면 네임드의 세력은 플
레미르에 버금간다고 봐야 했다.

게다가 그는 르젠 왕국의 살라반 왕자와 전속 계약을
맺은 적이 있다고 한다.

르젠의 군부 총사령관 루트밀라가 직접 페르노크와의
관계를 인정했다.

심지어 페르노크는 르젠의 협력을 얻기 쉬운 팔키온에
자리 잡고 있다.

사생아라고 무시받을 만한 존재가 절대 아니었다.

'아르잔…… 아르잔……!'

찰스 백작령에 가까워질수록 죽어서도 골칫거리인 남편만 생각난다.

누군가를 만나러 가는 길이 이토록 긴장된다는 걸 오랜만에 느꼈다.

"워워!"

선두의 근위기사단장이 말고삐를 잡아챘다.

그리고 손을 흔들자, 깃발이 솟으며 대군이 멈춰 섰다.

근위기사단장이 필레나에게 다가갔다.

"전하, 찰스 백작령입니다."

필레나가 저 멀리 평온한 영지를 바라보았다.

"저 위에 누군가 있군."

"플레미르 공작님과……."

일반인에겐 까마득한 점처럼 보이는 위치가 근위기사단장에겐 선명하게 포착되었다.

사내의 인상착의를 판단한 근위기사단장이 말했다.

"……페르노크라는 자입니다. 그리고 성벽에 그 길드원들로 짐작되는 마법사들이 포진해 있습니다."

"신호를 주면 언제든지 칠 수 있도록 대비하시게."

"예, 전하!"

병력을 뒤에 두고 필레나는 근위기사단과 성으로 향했다.

1만의 대군을 앞두고 있음에도 성에선 전혀 긴장하는

기색이 없다.

왕국의 깃발 앞에 길드원들은 모두 덤덤했다.

"일루미나의 고결한 여왕 전하께 납시셨으니 증명받을 자, 앞으로 나오라!"

근위기사단장이 소리침과 동시였다.

뿌우우−!

성에서 나팔 소리가 울려 퍼졌다.

개선식을 거행하듯이 웅장한 소리가 장시간 이어진 끝에 성문이 열렸다.

드르르륵!

플레미르와 페르노크가 나란히 걸어 나왔다.

"가도 좋다."

필레나가 무심히 말하자, 살리오는 바로 성문에 달려갔다.

"고생했다."

"아닙니다. 마땅히 해야 할 일이었습니다."

"너에게 주어야 할 것들이 더 늘었구나."

"감사할 따름입니다."

살리오가 고개를 꾸벅 숙이며 성벽에 올라서자, 페르노크는 미소 지으며 다가왔다.

'웃어?'

그 순간, 필레나는 페르노크에게서 죽은 아라잔의 모습을 겹쳐 보았다. 여유 만만한 느낌이 꼭 그와 닮아 있었다.

"쯧."

필레나가 짧게 혀를 차며 악몽 같은 상상을 털어 냈다.

그리고 말에서 내려 필레미르와 페르노크를 마주했다.

"전하, 말씀드린 피의 인증을 통과한 자입니다."

"수고했소. 성에서 다른 일은 없었소?"

"예. 귀족들을 보고 싶었지만, 검의 증명을 마친 후에 모든 처분을 내리겠다며 유보한 것을 제외하면 성은 지극히 평온했습니다."

"왕국의 조사단에게 일일이 허락을 구하게 하다니. 이런 발칙한 놈."

필레나가 페르노크를 싸늘히 쳐다보았다.

"네놈이 감히 왕족을 사칭한 페르노크라는 용병이렸다."

"이제 곧 사실로 밝혀질 일은 제가 무엇 하러 거짓이라 고하겠습니까."

필레나가 옆으로 손을 내밀었다.

"단장!"

근위기사단장은 공손히 낡은 검집을 필레나에게 바쳤다.

필레나가 바로 검집에서 검을 뽑아 들자, 놀랍게도 날 하나 상하지 않은 백색의 검이 순결한 자태를 드러냈다.

필레나가 순백의 검을 페르노크에게 겨눴다.

"증명하라."

순간, 모든 병력이 무기에 힘을 실었다.

근위기사단의 마력도 스멀스멀 피어올랐다.

만약 지금 이 증명이 거짓으로 드러날 경우 즉각 반란군이라 명하고 심판을 거행했을 것이다.

하지만 페르노크가 엄지를 깨물어 나온 피를 순백의 날에 떨어뜨리자 모두 넋을 잃고 말았다.

우우우우웅!

대해를 품은 듯 청량한 색이 검을 진동시켰다.

천재라 불리던 반스조차 내지 못한 푸름이 태양처럼 빛나자 필레나가 화들짝 놀랐다.

"어찌……."

피가 옅고 재능이 희미할수록 색은 흐릿해진다.

이토록 진한 색은 페르노크에게 흐르는 왕족의 피와 재능이 누구보다 뛰어나다는 사실을 증명한다.

마침내 모든 것이 확인되자, 필레미르가 옆에서 침음을 삼켰다.

모두가 말을 잇지 못했다.

적막이 성 앞에 흐를 때.

"일루미나의 왕가는 모두가 한 가족이라고 하지요. 드디어 저도 부를 수 있겠군요."

페르노크가 찬란히 발하는 빛 앞에서 환한 미소를 지었다.

"큰어머니."

그 순간, 알 수 없는 오싹함이 필레나의 등줄기를 타고
흘렀다.

* * *

"큰어머니라니!"

필레나가 반사적으로 소리치자 페르노크가 피식 웃었다.

"혹여, 더 증명해야 할 것이 남아 있어서 이리 매몰차
게 대하시는 겁니까?"

짓궂은 말에 모두의 시선이 필레나에게 쏠렸다.

모두가 찬란히 빛나는 검을 목격했으니, 이제 그녀의
선택만이 남았다.

"제가 증명해야 할 것이 있다면 말씀해 주십시오. 얼마
든지 보여드리겠습니다."

피와 검이 그를 인정했다.

여기서 더 무엇을 확인한단 말인가.

플레미르가 지켜보고 있는 가운데 허튼수작은 용납되
지 않았다.

인정하고 싶지 않았다. 그러나 많은 이들이 목격했고
더는 물러설 수 없었다.

필레나가 아직까지 빛을 내뿜는 검을 들어 올리며 외쳤
다.

"이곳의 모두 보았느니라! 페르노크는 전대 왕의 피를

이었으며 정당한 경합을 펼칠 자격이 부여되었다! 그러
나 본인이 원하지 않는다면 이 권리를 버린다 해도 상관
하지 않겠다!"

그에 페르노크가 엄숙히 고하였다.

"저는 제게 주어진 소임을 다하겠습니다."

세 자식들 사이에 사생아가 끼어들었다.

어지러워지는 정신을 간신히 붙잡으며 필레나는 관망
자로서의 소임을 다하였다.

"하면 다음 달 초, 왕궁에서 모든 경합자를 모아 진정
한 왕의 자격을 물을 것이다. 페르노크는 필히 왕궁에 참
석하여 그대의 자질을 입증하라!"

"예, 전하!"

페르노크가 즉시 한쪽 무릎을 꿇었다.

이제 남은 것은 경합자에게 주어지는 권리뿐이다.

"그대는 무엇을 원하는가."

오랜 전통에 맞춰 전대 왕이 자식들에게 물었듯이 필레
나도 페르노크에게 기회를 주었다.

"저는 팔키온 후작령을 가지고 싶습니다."

"어찌하여 변방의 영지를 원하는가."

"그곳에서 저는 사경을 헤맸고, 저를 능멸한 자의 목을
베었으며, 통치자가 사라진 영지민을 외면할 수 없기 때
문입니다."

왕족을 죽이려 한 죄.

가슴에 싸늘하게 박혀 오는 말은 도저히 거부할 틈이
없었다.

"팔키온 후작은 네가 왕족임을 알고도 무력을 행사했
는가!"

"그러하옵니다! 이를 증명할 자가 있습니다!"

"그게 누구인가."

"조셉!"

성문 안에서 전신 무장을 한 조셉이 튀어나와 무릎을
꿇었다.

"저는 팔키온 후작을 섬겼던 기사단장 조셉이라 하옵
니다!"

"그럼 그대 또한 페르노크에게 검을 겨눴는가?"

그에 페르노크가 부정하였다.

"아닙니다. 조셉은 잘못됨을 알고 저를 지켜 주려 했습
니다. 기사의 긍지는 정의에 있다고 말하며, 부정한 팔키
온 후작을 베는 데 앞장섰습니다."

페르노크가 변호하자 조셉이 넙죽 엎드렸다.

'진정, 내게 살길을 열어 주시려는구나!'

그것이 조셉을 사냥개로 부려 먹기 위한 변명이라는 것
도 모른 채.

벅차오른 가슴을 억누르며 충실히 페르노크를 위한 말
들을 늘어놓았다.

"저는 팔키온 후작이 말하는 것을 옆에서 지켜보았습

니다. 그는 분명 페르노크 왕자님께서 사생아임을 알면서도 투기장이란 부정한 곳에 팔아넘겨 입을 막으려 했습니다. 그리고 이 모든 사실이 장부에 적혀 있는 것을 저와 기사단이 똑똑히 보았습니다!"

"공작은 장부를 보았는가."

플레미르가 나와서 가볍게 묵례하고 말했다.

"예. 단원들과 장부를 확인했습니다. 그와 연관된 자들은 현재 감금되어 있습니다."

"한데, 어찌하여 아직 심판하지 않았는가."

"검의 증명까지 거쳐야 페르노크 길드장은 비로소 왕자로 인정받습니다. 장부가 거짓으로 꾸며질지도 모른다는 가능성 때문에 지금까지 미뤄 왔었습니다. 하지만 페르노크 왕자가 자신을 증명했으니, 이젠 그 모든 내용을 사실이라 믿고 진상을 낱낱이 파헤치겠습니다."

필레나가 고개를 끄덕였다.

"좋다. 하면 페르노크의 왕족능멸죄는 지당하다고 판단되는바! 이를 알고도 외면한 대죄를 저지른 팔키온 후작의 죽음은 정당한 처사였으며, 그 영지를 페르노크에게 하사하는 것이 합당한 자격일지니! 오늘부터 팔키온 후작령은 페르노크의 것이다!"

"감사하옵니다, 전하."

페르노크는 팔키온 후작을 죽이면서 이러한 결과가 나올 것을 당연히 예상했다.

하지만 아직 받아야 할 것들이 더 남아 있었다.

"지금 성에 페르노크의 자격을 믿지 못하고 암습을 꾀하는 무리가 있다고 하니, 단장은 진상조사단을 파견하여 삿된 무리를 모두 벌하도록 하여라!"

"예, 전하!"

그리고 돌아서려는 필레나를 페르노크가 붙잡았다.

"전하, 저는 아직 인정받지 못한 게 남아 있습니다."

필레나가 고개를 홱 돌렸다.

주름이 뭉쳐 표독스러워 보이는 인상이었다.

"이미 왕자로 증명받고 그대의 행위를 인정하였는데, 여기서 무엇을 더 원하는가."

"영지전의 결과물이옵니다."

필레나가 미간을 찌푸렸다.

그리고 보니 찰스, 불트, 푸키스 백작령 세곳을 페르노크가 점령했다.

그 치분도 마땅히 나라에서 할 예정이었는데, 페르노크가 직접 거론하자 괜히 불길해졌다.

"영지를 압수하여 시시비비를 모두 가리겠노라."

"송구하오나, 제 영지민들을 갈취하여 부당으로 이득을 취한 무리들이옵니다. 그 처분 또한 제가 맡겨 주십시오."

"뭐라?"

"영지전의 규칙은 해당 영지를 점거한 영주에게 모든

판결을 맡기는 것에 있지 않습니까."

"그건……."

"그들은 왕족이라 말했음에도 팔키온처럼 믿지 못했지요. 이 부분은 아직 증명받지 않았을 때의 일이니 그냥 넘어가겠습니다. 하지만 영지민을 수탈한 것으로도 모자라 제게 칼을 들이대며 무력시위를 진행한 백작들을 이대로 넘겨드릴 순 없습니다."

페르노크의 눈이 무심해지자 필레나가 어깨를 움찔 떨었다.

차분한 눈동자가 언제 어떤 일을 벌일지 모르는 화약고처럼 느껴졌다.

"이는 일루미나의 국법이 정한 바이고, 제가 왕족이자 영주로서 영지전을 치른 대가라 판단합니다. 세 곳의 백작령을 모두 제가 받아 평화롭게 관리하겠나이다."

"공작!"

말려 보라고 불렀지만 플레미르는 딱히 반박하지 않았다.

영지전의 승자가 그 영지의 전권을 가지는 건 당연하다.

하지만 보통은 영주와 가신들의 목숨을 돈으로 돌려받기 마련이다.

귀족들 간의 분쟁이라면 여기서 끝났겠지만, 페르노크는 왕족이다.

그보다 더한 권리를 요구할 자격이 있다.

실제로, 9대 왕이 왕자였던 시절.

자신을 노린 암살자들을 죽이고, 사주한 자들을 찾아 처분했었다.

그때, 유력 파벌의 영주들이 섞여 있었는데, 모두 처분한 뒤에 그 영지를 직접 다스렸다.

9대 왕은 행여 후대에 폭군으로 기록될까 두려워, 영지 전에 추가 조항을 집어넣었다.

왕족에게 상해를 입히거나 그 이상의 암수를 가한 영지는 해당 왕족의 처분을 모두 받아들인다.

그 이후로 일루미나에선 영지전이 일어나지 않았다.

파벌들과 영지전을 벌였다가 왕족이 관여되는 순간 모든 것을 잃을지도 모른다고 생각했기 때문이다.

평화가 길어지고, 이 추가 조항을 기억하는 사람은 점점 줄어들었다.

영지전이 좀처럼 발생하지 않는 이 시국에 규율을 중시하는 플레미르만 오래된 규칙을 기억하고 있었다.

'150년도 더 된 얘기를 알고 있었나.'

필레나가 오기 전까지 함께 지내면서 느꼈다.

사소한 빌미로 집요하게 상대를 물어뜯는 맹수 같은 기질이 있다는 사실을.

'반스 왕자가 쉽지 않겠어.'

왕족들에게 관심을 두지 않은 전대 왕의 충신이 페르노

크를 눈여겨보는 순간이었다.

"공작!"

필레나가 거듭 재촉하자 플레미르는 단호히 답했다.

"이미 이와 같은 선례가 있습니다."

"나는 영지전에 그런 조항이 있다는 걸 듣지도 보지도 못했네."

"모르는 사람이 더 많을 것이나, 9대 왕께서 만드신 조항입니다."

"그럼……."

"백작령 세 곳은 모두 페르노크 왕자의 것입니다."

"억지를 부리는 거 아닌가."

"전하."

플레미르의 눈이 무심해졌다.

"저는 이 나라의 귀족입니다. 기꺼이 조사단장을 맡아 이곳까지 올 정도로 나라에 충심을 다하고 있지요."

"하지만 백작령을 모두 넘겨주라는 판단이 진상조사단 장에게서 나올 말은 아니지 않은가!"

"다들 잊으셨나 보군요. 일루미나는 언제나 승자의 역사를 따랐습니다."

9대 왕이 자신의 난폭한 행위에 정당성을 부여하기 위해 영지전의 규칙을 새롭게 추가했듯이.

"그리고 그것은 저와 함께한 전하께서도 잘 아시지 않습니까."

필레나의 말문이 막혔다.

전대 왕도 자신의 방탕함에 정당성을 부여코자 몇 가지 법을 바꿔 놓았었다.

그 추악한 기억이 떠올라 필레나는 입술을 잘근 깨물었다.

페르노크는 두 사람의 설전을 흥미롭게 살폈다.

'함께 왕위 쟁탈전을 벌인 사람들치곤 관계가 껄끄러운가 보군.'

이 나라엔 중립파가 없다고 생각했지만, 함께 지낸 플레미르는 언제나 공정함을 중시했다.

어째서 깐깐한 플레미르가 방탕한 전대 왕과 함께 쟁탈전을 승리로 이끌었는지 의문일 정도였다.

"페르노크 왕자의 말은 지당합니다."

플레미르가 단호히 말하자 필레나는 뒤틀리려는 입매를 간신히 누르며 페르노크를 보았다.

"백작령을 너 혼자 다스릴 수 있겠느냐."

"이미 채워 넣을 자들을 선발했습니다."

"이 나라의 귀족이어야 한다."

"귀족은 아니지만, 어느 나라를 가든 귀히 대접받을 자들입니다. 그리고 그들은 지금 일루미나의 귀족이 되길 망설이지 않고 있습니다. 염려 마십시오. 네임드의 힘이 곧 일루미나의 것이 될 터이니."

필레나가 차마 떨어지지 않는 입을 간신히 열었다.

"너의 뜻대로 하거라."

"성은이 망극하옵니다."

페르노크가 허리를 반쯤 접으며 미소 짓자 필레나가 보기 싫다는 듯 몸을 돌렸다.

"전하, 부족하지만 안에 자리를 마련했습니다. 긴 여정에 피곤하실 터이니 오늘 하루 푹 쉬고 가시지요."

"한시가 바쁘니 돌아가겠다."

"아쉽습니다."

필레나가 씹어뱉듯 말했다.

"공작은 이곳의 일을 마무리하고 성에 돌아오시오!"

따스한 눈길조차 주지 않고, 필레나는 본대로 돌아왔다.

귀족들은 필레나의 얼굴을 보자마자 입을 다물었다.

한 마디라도 꺼냈다간 바로 검을 빼 들 것만 같았다.

"왕궁으로 돌아간다!"

근위기사단장이 소리치며 명하자 병력들이 썰물처럼 빠져나갔다.

필레나는 여유로운 페르노크의 모습을 떠올리며 이를 갈았다.

'이 성은 다시 아이들에게 돌아갈 것이다.'

모든 행위는 사무적으로 진행했다.

필요한 절차만 빠르게 하는 것 외에 다른 무엇도 손대지 않았다.

왕위쟁탈전에서 아이들이 같은 방법으로 영지를 손에 넣었을 때, 뒷말이 나오지 않도록 만들기 위함이었다.

　'결국은 사생아.'

　S급 길드의 실체를 확인했다.

　페르노크는 분명 마도사였다.

　휘하에 우수한 마법사들이 있지만, 이미 자리를 잡고 각국과 외교 관계를 맺은 아이들과 비교하면 한참 부족하다.

　경합자들이 왕성으로 모이는 그날, 페르노크는 뼈저리게 느낄 것이다.

　왕족의 벽이라는 게 무엇인지.

　왕위 후보자들이 모이는 다음 달 초.

　영민한 아이들은 페르노크라는 변수를 구워삶아 집어삼킬 것이다.

　그 미래가 눈앞에 있는 듯하여 필레나는 입꼬리를 치켜세웠다.

　'아무것도 변하지 않아.'

　시간은 준비한 자들의 편이다.

　어려서부터 아이들이 만들어 온 이 판에 외부자가 낄 자격은 없다.

　그런데 뭘까.

　왠지 모르게 자꾸만 페르노크의 자신만만한 미소가 머릿속에 아른거린다.

"전하, 어디 불편하십니까."

"아니. 아무것도 아니오."

필레나가 페르노크의 모습을 떨치려는 듯 흘러가는 풍
경을 바라보고 있었다.

* * *

"정말 아쉽구려. 오늘 같은 날 축배를 들까 했는데."

페르노크가 플레미르를 바라보았다.

"공작도 어떠시오. 나와 어울려 보겠소?"

"공무만 마치고 떠날 것입니다."

"하하하, 이미 모든 결과가 나왔는데, 왜 그리 딱딱하
게 구는가. 난 결단 있는 공작의 모습이 제법 좋게 보았
네."

플레미르가 페르노크의 미소를 마주 보았다.

"세상 모든 것을 다 가지신 기분입니까?"

"아직 얻지 못했으니, 좋은 인재들을 계속 찾고 있지.
왕국엔 더 이상 사람이 없을 거라고 생각했어. 하지만 중
립파도, 왕자파도, 여왕을 섬기는 것도 아닌 묘한 존재가
남아 있다. 심지어 그게 가장 높은 위치에 있는 귀족이
야."

"이제 본국의 왕자님이 되신 페르노크 님께 이 나라의
신하로서 조언을 하나 드리겠습니다."

페르노크가 말해 보라는 듯 응시하자 플레미르가 덤덤히 말했다.

"마도사가 왕권에 끼어들 명분을 만들어 주지 마십시오. 이는 곧 나라의 혼란이자 붕괴로 향하는 지름길입니다."

"한 번쯤은 갈아엎을 때가 되지 않았나."

"오해를 살 만한 말씀을 서슴없이 하시는군요."

"다른 나라에 기생해서 살아가는 이 구조가 올바른 나라의 형태라고 생각하나?"

플레미르가 말없이 바라보았다.

"나도 조언 하나 하지, 공작."

페르노크가 플레미르를 응시했다.

"강한 힘을 가진 자가 침묵할수록 오히려 사람들을 경계하게 만들어. 열정이 있으면 뜻을 내비쳐야지. 관망이란 말로 자신을 숨겨서야 쓰나."

"분란이 질서를 어지럽힐 거라 생각해 보지 않으셨습니까?"

"뿌리내린 종양은 칼로 다스려야 하는 법이지. 혼란은 새로운 질서를 잡기 위한 과정이야."

페르노크가 피식 웃으며 플레미르를 스쳐 지나갔다.

"모험을 떠나고 싶으면 언제든지 얘기해. 원하는 곳까지 데려다줄 테니."

플레미르는 우두커니 서서 페르노크가 성으로 들어가는 모습을 물끄러미 지켜보고 있었다.

* * *

페르노크가 왕족의 증명을 받았다.

플레미르는 장부의 내용을 세세하게 정리하며 죄인들을 처벌했다.

감옥에 들어가자 볼트, 찰스, 푸키스 백작이 쇠창살을 붙잡고 부르짖었다.

"프, 플레미르 공작님 아니십니까!"

"공작님! 살려 주십시오!"

"무뢰한이 저희를 이곳에 가뒀습니다!"

플레미르는 지금껏 위에서 상황을 정리하느라 감옥의 백작들을 살피지 않았다.

당연히 이들은 위에서 무슨 일이 일어났는지도 모를 것이다.

"난 이곳에 진상조사단으로 왔다."

"그, 그러면 저 악독한 놈이 한 짓을 아시겠군요!"

"누구를 말하는 거지?"

"페르노크 말입니다! 왕족을 사칭한 그놈!"

"오래 갇혀 있더니 머리가 안 돌아가기 시작했나. 네놈들은 내가 어떻게 여기에 왔을 거라고 생각하지?"

"그야 진상 조사를……."

"찰스 백작."

플레미르의 눈동자가 싸늘해졌다.

"방금 전하께서 이곳을 다녀가셨다."

"예?"

"페르노크 왕자님은 검의 증명을 받아 당당히 왕족임을 증명하셨지."

"……!"

"또한 팔키온 후작령을 비롯해 세 백작령의 통치권까지 위임받으셨다."

세 백작의 안색이 창백해졌다.

"왕족임을 알고 영지전을 벌였는지, 아니면 우발적인 사고였는지는 이제 중요하지 않아. 전하께서 공표하셨으니 자네들은 이제 죗값을 단단히 치러야 할 걸세."

"죄, 죗값이라니요!"

"네놈들과 팔키온 후작 사이에 관계된 온갖 비리와 부정행위를 발견했다."

플레미르가 냉담히 내뱉자, 세 백작의 심장이 철렁 내려앉았다.

"왜 그런지 아시지 않습니까!"

마지막 발악처럼 외친 말에 플레미르는 차갑게 웃었다.

"물론, 반스 왕자님께도 이 사실을 고해야겠지. 문제가 있다면 바로 처리하겠다."

"공작님, 파벌을 정하신 겁니까?"

"지금 그 말이 왜 나오나."

〈52〉 이번 생은 황제로 살겠다 6

"그게 아니고서야 어찌 1왕자님을 죄인처럼 몰아간단 말입니까!"

"그놈의 파벌 소리, 정말 지긋지긋하군."

플레미르가 마력을 살짝 흘려보내는 것만으로 그들은 벽에 달라붙어 덜덜 떨었다.

"진상조사단이 네놈들 뒤나 봐주는 단체인 줄 아느냐. 왕족들의 경합에서 같잖은 짓이 발생한다면 그를 공평하게 처리하고자 암묵적인 동의하에 가장 공정한 자기 선발된 자리이다."

플레미르가 불트를 보았다.

"한데, 불트 백작. 자넨 대체 얼마나 많은 영지민들의 고혈을 짜 먹었지."

"그, 그것이⋯⋯."

"그리고 찰스 백작. 자네는 나라에 기록하지 않은 사병들을 가졌더군."

"오, 오해십니다."

"심지어 그게 푸키스 백작. 자네 쪽과도 연관되어 있어."

플레미르가 장부를 쇠창살에 치며 싸늘한 시선을 보냈다.

"파벌 노름에 빠져서 나라의 귀족이라는 작자들이 귀감을 보이긴커녕, 부정을 앞세워 좀도둑처럼 영지를 갉아먹고 있었단 말인가."

차분한 어조 속에 담긴 분노에 세 백작은 주저앉고 말았따.

"모든 죄목과 증거가 낱낱이 드러났으니, 그대들의 작위는 오늘부로 박탈이다. 또한 페르노크 왕자님께서 요구하신 배상금을 전액 지불해야 할 것이고, 조금의 차질이라도 벌어진다면 너와 너희의 일가족들을 모두 광산에 보낼 것이다. 그 빚을 갚을 때까지."

세 백작은 정신이 아득해졌다.

플레미르는 일루미나에서 단호하기론 둘째가라면 서러울 인물이다.

마도사에 이른 나라의 기둥을 압박할 존재도 드물며, 어느 파벌의 귀족도 그를 신용하고 영입하려 한다.

한데, 자신들의 과오 때문에 플레미르가 1왕자 파벌과 노선을 달리하겠다는 뜻을 분명히 밝혔다.

반스가 이 사실을 안다면 처분과 관계없이 혹독한 대가를 치르게 할 것이다.

"살려 주십시오!"

울부짖는 자들에게 플레미르는 일말의 감정도 가지지 않았다.

"배상금을 지불하는 대로 그대들을 수도로 압송하겠다."

* * *

"죄인들은 수도로 압송되어 국법으로 다스린다고 합니다."

소식이 전달되기 무섭게, 페르노크는 VIP의 자제들과 마주했다.

"어찌 이러십니까!"

"살려 주겠다고 하지 않으셨습니까!"

울부짖는 놈들을 무심히 바라보았다.

"살려 주지 않았나."

"진상조사단이 왔습니다! 그들이 저희를 수도로 압송하려 합니다!"

"수도로 가면 죽습니다!"

"왕자님! 다 드리지 않았습니까!"

"살려 주십시오!"

"같은 말 여러 번 하게 만들지 마."

페르노크가 싸늘하게 웃었다.

"분명 '나'는 너희를 죽이지 않았어."

대신, 놈들이 처벌받도록 관련된 장부를 모두 진상조사단에게 넘겼을 뿐이다.

페르노크는 처음부터 VIP의 자제들을 살려 둘 생각이 없었다.

아버지의 죄를 자식들이 내려받는 것을 원치 않았으나, 그들이 팔키온 후작에게 보인 충성심엔 그와 비슷한 비리들이 연루되어 있었다.

죄가 없다면 벌벌 떨면서 페르노크에게 협력하지도 않았을 것이다.

지은 죄가 많은 놈들은 구차하게나마 삶을 연명하기 위해 백작령을 치는 명분을 만드는데 협력했다.

이용 가치도 남아 있지 않은 원수들을 굳이 변호해 주고 싶지 않았다.

"플레미르 공작이 엄벌하겠다고 나선 걸 내가 어찌 막겠나. 자네들의 억울함은 수도에서 소상히 밝혀지겠지."

"왕자니이이임!"

울부짖는 놈들을 병사들에게 맡기고 페르노크는 백작들을 가둔 곳과 다른 감옥에 들어갔다.

세 백작의 영지에서 긁어모은 그들의 핵심 기사단과 행정직을 수행하는 관리들이 붙잡혀 있었다.

'알맹이들만 쏙 모아 놨군.'

땅과 백성이 있는데 정작 관리할 자들이 없다.

길드만으로 성을 지키려고 하니 손이 부족했다.

숙련된 인재가 필요했지만, 이제 막 성을 안정화하는 중인 페르노크를 찾아올 사람은 많지 않다.

하여, 페르노크는 백작들이 처분받을 때, 한 가지 방법을 모색했다.

기존 성에 남아 있는 인재들을 모조리 휘하로 데려오는 것.

단, 털어서 먼지가 적당히 나오는 놈들만 추리기로 하였다.

이곳에 모인 자들은 악덕한 놈들 틈에서도 나름의 양심

은 지키던 성의 알짜배기들이다.

페르노크가 그들 한복판에 앉아 느긋하게 말했다.

"너희들의 주인이 오늘 수도로 압송된다. 그 죗값을 따져 보자면 처형도 가능하겠지만, 아마 1왕자 파벌이라는 배경 덕분에 목숨은 부지하겠지. 한데, 너희들의 처우는 아직 결정된 바가 없어. 모두 내가 일임하기로 했거든."

"백작님께서 배상금을 지불하지 않은 겁니까!"

푸키스 백작령의 기사단장이 외치자 페르노크는 고개를 저었다.

"내게 모두 갚고 나면 너희에게 지불할 돈이 없어. 사재가 있을지 모르겠다만, 그걸 너희에게 써 줄지 의문이구나. 어찌 보면 푼돈인데, 자기들 먹고살겠다고 외면할 가능성이 높지."

모두의 안색이 어두워졌다.

배상금을 지불하지 못하고 사로잡힌 인질들의 최후가 눈앞에 그려졌기 때문이다.

가족들까지 함께 노예로 부려지거나, 이대로 죽거나.

최악의 미래만이 그들을 기다리고 있던 것이다.

그런 심정을 잘 아는 페르노크였기에 달콤하게 속삭일 수 있었다.

"하지만 너희들의 재능이 너무나 아깝구나. 못난 주군 밑에서 어떻게든 영지민들을 보살피려 애쓴 너희의 마음가짐이 실로 훌륭하다."

페르노크가 손가락을 튕기자 하녀들이 후작령의 인장
이 박힌 의복들을 가지고 나왔다.

"나를 따른다면 기사들은 다시 긍지 높은 대우를 받을
것이고, 기술과 행정에 몸 바친 자들은 후한 대접을 약속
하겠다."

"……!"

"내가 왕자임은 잊어라. 단, 내가 네임드 길드를 어찌
이끌었는지만 생각해라. 너희는 모두 알지 않느냐. S급
길드 네임드가 어떻게 탄생했는지."

르젠과 국경을 접한 후작, 백작령의 사람들이 네임드를
모를 리가 없다.

그 명성과 더불어 인재를 중시하며 인부 하나 소중히
대한다는 페르노크의 말이 환상처럼 들릴 정도였으니까.

하지만 지금 환상은 눈앞에 현실로 다가왔다.

"내가 팔키온 후작을 죽이고 그의 심복들을 어떻게 대
했는지 잊지 말거라."

조셉과 기사단이 영지전의 선봉으로 나선 모습을 떠올
랐다.

"나는 내 사람들을 아낀다."

페르노크가 자리를 털고 일어나자 살리오가 대신 감옥
문을 열었다.

"어떻게 할지는 이제 그대들의 자유입니다."

"배상금은……."

"필요 없다고 하지 않았습니까. 우리와 함께하지도 됩니다. 하지만 적으로 만나진 맙시다. 왕자님의 아량은 한 번뿐이니까요."

그러자 고민하던 자들이 페르노크가 준비한 의복을 거머쥐기 시작했다.

인재들이 합류하는 모습을 흐뭇하게 보며 지상으로 올라가자 플레미르가 기다리고 있었다.

"공과 사를 같이 묶어 보실 줄 알았는데, 적의 사람을 품는 면도 있으셨군요."

"영지를 다스리기 위해선 관료가 필요해. 무턱대고 다 죽이면 쓰나. 버릴 건 버리고, 쓸 만한 건 주워서 어떻게든 사용해 먹어야지."

"저들의 죄가 기록된 장부가 따로 있습니까?"

"없어. 그러니 내가 품는 거야."

플레미르가 고개를 끄덕였다.

"알겠습니다. 그럼, 백작들과 투기장에 관여된 죄인들 또한 1왕자 커넥션을 확실히 전하께 보고하겠습니다."

"반스와 척을 져도 되겠어?"

"조사단의 소임을 다할 뿐입니다."

무표정한 모습을 살피며 페르노크가 말했다.

"그러고 보니 말이야. 내가 아무리 생각해도 이해 가지 않아서 자네의 과거를 조금 알아보았네."

"저를 조사하셨다고요?"

"왜 방탕한 왕 밑에 능력 좋은 공작이 붙어서 함께 왕국을 일으켰는지, 너무 궁금했거든. 그리고 나름의 결론을 내렸어."

"뭐죠?"

페르노크가 피식 웃었다.

"방탕한 왕이 현군이라 불릴 수 있었던 이유는 한 가지뿐이지. 뛰어난 2인자가 곁에서 나라를 대신 이끌어 나간거야. 그것 말곤 설명이 안 돼."

"제가 대리 통치라도 했다는 말씀이십니까."

"전대 왕은 자네의 의견을 귀담아들었지. 적어도, 자네가 의견을 냈을 때 실패한 적은 없으니 고문처럼 활용하지 않았을까. 그게 자네의 바람이기도 하고 말이야."

잠시 흔들린 플레미르의 눈동자를 페르노크는 놓치지 않았다.

"다른 왕자들은 고집이 셌지만, 전대 왕은 사생활이 문란한 바보였지. 그런 사람은 조종하기 편했으니, 나름의 이상을 가진 자네가 달라붙은 거야."

"왕자님의 아버님이십니다. 모욕적인 발언은 삼가해 주십시오."

"얼굴도 모르는 사람이 내 아비라고? 하하하하! 공작, 내 말에 틀린 점이 있나? 그럼 사과하지."

그러자 플레미르는 페르노크를 물끄러미 바라보며 한 가지를 고쳤다.

"전하의 고문이 되기를 자처한 건 맞습니다. 하지만 여왕께서 개입하시어 항상 제 의견과 반대되는 길을 가셨습니다. 그래도 전하를 욕보일 생각은 추호도 없었습니다. 왕자님께서 믿으실지 모르겠지만, 전하는 그 당시의 왕족들 중에서는 가장 현명한 분이셨습니다."

"그런 걸로 치지 뭐. 하지만 그렇게 말하는 공작은 아직 열정이 식지 않았나 보군."

페르노크가 미소 지으며 말을 이었다.

"그 나이에 굳이 조사단장을 자처하며 여기까지 온 건, 아직도 모험을 해 보고 싶다는 생각이 남아 있기 때문 아닌가?"

"……."

"내 제안은 유효해. 그리고 장담컨대, 나는 화합이란 말의 의미를 누구보다 지킬 자신이 있다. 그대가 바라는 '질서'를 내가 이 나라에 세워 줄 수 있어."

"……오만함은 전하를 빼닮으셨군요."

"그럼 왕이 될 가능성이 가장 높다는 뜻인가? 하하하하!"

플레미르가 조용히 짐을 챙겼다.

"모험을 하기엔 참 오랜 시간이 흘렀습니다. 왕족과 파벌들 간의 혈투도 이젠 진절머리가 납니다. 하지만 왕자님께서 방금 하신 말씀을 충실히 지켜 주신다면."

플레미르의 목소리가 부드러워졌다.

"저 또한 질서에 위배되지 않도록 최선을 다해 귀족들

의 '부정'을 바로잡겠습니다."

"기대하고 있지."

플레미르가 의미심장한 말을 던지고 죄인들을 압송했다.

살리오가 조심스럽게 다가와 물었다.

"공작을 회유하신 겁니까?"

"아니."

"그럼 적이 된 겁니까?"

"아니야."

"하면……."

"우리 일을 더 편하게 만들어 주겠다는군."

영문을 몰라 하는 살리오에게 페르노크가 미소 지으며
말했다.

"지금처럼 적법한 명분만 만들어 준다면 어느 파벌이
건 쑤셔 버리겠다고 약속한 거야."

그 말은 곧 정복을 원하는 페르노크에게 마도사의 심판
대라는 패가 하나 더 생겼음을 의미한다.

"세상 가장 공정해 보이는 사람도 결국, 자기와 뜻이
맞는 사람에게 마음을 연다는 거지."

"플레미르 공작과 관련된 조사를 중단할까요?"

"이젠 할 필요가 없어졌어. 그보다 리오에게 연락해서
식량을 더 많이 들여오라 해."

후작령과 세 곳의 백작령을 거머쥐는 작업이 끝났다.

이제 남은 건 하나다.

"이곳을 요새화시킨다."

북부에 탄생한 거대 영지.

이곳을 기점으로 다른 파벌의 영지들을 하나씩 집어삼켜 나간다면, 페르노크가 바라던 새로운 나라가 머지않아 완성된다.

"다른 파벌이 나와 비슷한 방법을 쓸지 모른다. 파벌들의 동향을 감시하고 허점이 보인다면 바로 찌를 수 있게 단단히 준비해 둬."

"예!"

북부의 각 성을 연결시키는 요새화 작업이 시작될 무렵, 하나의 소문이 일루미나 전역에 퍼졌다.

북부에 백성들을 위하는 영지가 있다.

그곳은 페르노크 왕자가 다스리며 새로 찾아오는 자를 환대한다.

굶주린 자들을 위한 낙원이 그곳에 펼쳐졌다.

그리고 이 소문은 가뭄으로 민심이 흉흉한 백성들의 귀를 솔깃하게 만들었다.

\* \* \*

"자네, 그 소문 들었나?"

"무슨 소문?"

"이번에 새로 나타나신 왕자님 말이야!"

"아! 그 북부에 세금을 걷지 않는 영지?"

"그게 무슨 소리인가."

주점에서 대화 나누던 두 사람에게 취객이 다가왔고, 사내는 기다렸다는 듯이 이야기를 이어 나갔다.

"여왕님께서 직접 북부의 영지로 향하시어, 왕족을 사칭하는 자에게 검의 증명을 내렸는데. 아, 글쎄! 진짜 왕자였다는구먼!"

"그래 봐야 우리랑 상관없는 얘기 아니야?"

"아유, 놀라지 말게. 그 왕자님이 영지민들을 위해서 물불 안 가리고 싸웠대!"

"그게 무슨 말이야?"

"영지민이 다른 백작령에서 수탈당하는 모습을 참지 못하고 대신 검을 빼 들고 싸워 당당히 승리하셨지. 그리고 그 백작령을 다 자기가 품으시면서 잘못된 것들을 하나씩 고쳐 간다는 게 아닌가."

"그래서?"

"심지어 그곳은 새로 정착한 이주민들에게 1년 동안 세금을 걷지 않으며, 배고픈 자에겐 식량도 내려 주시고, 집이 없으면 움막이라도 지어 백성들이 살 곳을 마련해 주신다고 하더군!"

사내는 목청껏 소리치며 페르노크를 추켜세웠다.

주점의 사람들이 모두 그쪽을 바라보자, 음유시인이라도 된 것처럼 사내는 자연스럽게 얘기를 진행했다.

"그 무슨 동화책에서나 나올 법한 얘기야?"

"거참, 세상 돌아가는 걸 이리 몰라서야 쓰나. 우리 옆집 사람이 상행을 하거든? 북부로 갈 일이 있었나 봐."

사람들이 귀 기울여 듣자 사내가 힘껏 외쳤다.

"직접 봤대! 왕자님께서 두 팔을 걷어붙이고 밥과 집까지 내주시는 모습을!"

"예끼, 이 사람아! 거짓말이라도 설득력이 있어야지!"

"세상에 그런 왕자님이 어디 계셔!"

"우리 영지나 세금 좀 덜 내게 해 줬으면 좋겠다."

주점 사람들은 말도 안 되는 얘기라며 무시했지만, 가정으로 돌아가 우스갯소리로 가족들에게 북부의 환상 같은 얘기를 전했다.

그 말은 다시 각자의 모임에서 다른 모임으로.

부인이 아낙네들에게, 아이들이 동네 골목길에서.

노인이 친구들을 불러 모아 술 한잔 걸치며 가볍게 떠든 얘기들이 곳곳으로 전파되었다.

그 파급력은 이루 말할 수 없었다.

북부에 다녀온 상인들까지 그 말이 맞다며 호응해 줬기 때문이다.

"왕자님께서 먹고살 식량과 따뜻한 집까지 준비해 주셨대!"

"그곳에도 한차례 피바람이 불었지 않나. 빈집이 수두룩하다는구먼."

"말도 말게. 왕자님이 영지민을 얼마나 아끼시는지, 창고를 모두 열어 그 보물로 영지민들을 배불리 먹였다지 않은가."

"빨리 가야 하네! 먼저 가서 빈집을 차지해야 해!"

소문은 사실을 넘어 꿈의 이상향처럼 부풀어 올랐다.

가뜩이나 가뭄으로 세금마저 빠듯한 처지에 이른 백성들은 뜬구름 잡는 헛소문이라도 상관없었다.

만약, 그 말이 사실이라면 자식들을 위해 배부른 터전으로 옮길 각오가 되어 있었다.

의심하던 사람들이 북부로 떠나기 시작했다.

남겨진 자들도 요동쳤다.

"옆집 사는 사람 말이에요. 후작령에 가서 번듯한 집을 얻었다네요."

"그게 진짜야?"

"그렇다니까. 후작령에 물건 납품하는 잡화점 주인이 직접 얘기해 줬어요."

"으음……."

"우리도 이번 세금만 내고 조용히 나가 봐요. 후작령에 가서 직접 보고, 우리 자리 없으면 돌아와요."

"자리 있으면?"

"거기서 살아야죠! 지금보다 배불리 먹는다는데, 고민

할 이유가 있어요? 여보, 애들을 생각해요!"

첫걸음이 어렵지, 두 번, 세 번은 쉽다.

이상향의 진실을 확인하려는 자들이 후작령을 기웃거리기 시작했고, 그들은 직접 새로운 터전이 될 자리를 살피고 그대로 눌러앉았다.

소문은 걷잡을 수 없이 불어났다.

백성들이 영지를 빠져나가는 모습이 눈에 띄게 많아지자, 각 성의 귀족들은 성문을 굳게 걸어 잠갔다.

"전란으로 민심이 흉흉하여, 내 이를 안타깝게 여기니 행여 벼락이 몰아쳐도 굳건히 버티게끔 집에 머물러……."

하지만 페르노크가 길드를 보내자 그들의 잔꾀는 가볍게 부서졌다.

"누구시오!"

"후작령에서 왔습니다. 네임드의 부길드 마스터 살리오라고 합니다."

"네, 네임드? 아니, 거기서 왜……?"

"이곳에 저희 영지민의 가족들이 남겨져 있다고 하여, 왕자님께서 친히 그 안타까움을 보살피라 하셨습니다."

근래 벌어진 사건을 모든 왕족 파벌들이 알고 있다.

네임드와 얽히지 말라는 충고를 단단히 들었던 터라, 그들은 사소한 시비 하나 얽히지 않기 위해 성문을 열었다.

그리고 짐마차와 수레를 이끌며 유유히 백성들 데리고

북부로 돌아갔다.

그 모습을 많은 백성들이 지켜보고 있었다.

* * *

페르노크가 성루에서 후작령으로 들어오는 백성들을
바라보았다.

"이번엔 몇 명이지?"

"오백입니다."

살리오가 웃음기를 머금고 말하자 페르노크도 미소 지
었다.

검의 증명을 수많은 백성과 귀족들 앞에서 선보인 덕분
에 이곳의 소문이 하루가 다르게 퍼져 나갔다.

처음엔 미심쩍어하는 백성들이 많아 보여 각 성마다 바
람잡이를 배치시켰다.

거래처에도 의도적으로 변화하는 모습을 보여 주며, 소
문에 확신을 싣도록 만들었다.

첫 이주자는 불과 서른 명, 모두 중년의 남성들이었다.

그리고 그들은 성의 상황을 본 뒤에 가족을 데려왔다.

삽시간에 이주민이 백 명을 넘어섰다.

그들의 일화를 부풀려 바람잡이들에게 전하자, 연고 있
는 자들이 의심하며 찾아왔다.

그 뒤의 일은 앞선 것과 똑같았다.

상황을 확인한 뒤에 의심은 확신이 되어 가족과 이웃에게 전파되었다.

"지금까지 이주민이 총 몇 명이지?"

"5천입니다."

"길드원을 더 데려가도록 해야겠군."

상당한 숫자가 빠져나가자 영주들은 예상했던 행동을 취했다.

성문을 잠가 버리고 백성들이 어디로도 가지 못하게 막았다.

하여, 페르노크는 자신의 자자한 위명을 이용했다.

길드를 보내 정면으로 돌파해 버린 것이다.

"따로 조치는 없던가?"

"영지전이 걸릴까 봐 두려워 시비를 피했습니다."

"아쉽군."

여차하면 다른 성과 얽힐 경우의 수까지 생각해뒀지만, 역시나 각 파벌은 지금 페르노크에게 예민한 상태였다.

"당분간은 영지전이 어려울 테니, 이주민들을 각 백작령에 배분시켜서 요새를 더욱 공고히 다지도록 해."

"예."

"그리고 너에게 성 하나를 맡길까 하는데, 어디가 좋겠느냐."

"제게 말씀입니까?"

"머지않아 네게 작위가 하사될 터. 미리 영지를 다스려야 훗날 도움이 되겠지."

"왕자님은 관여하지 않으실 겁니까?"

"네가 받을 영지다. 당연히 네가 관리해야지. 어설프게 관리해서 일에 차질이 생기면 바로 회수할 테니, 신중히 고르도록."

그러자 살리오가 감격한 표정으로 말했다.

"전 후작령을 받고 싶습니다."

"왜? 땅이 커서?"

"아닙니다. 이곳이 르젠과 가장 가깝지 않습니까. 지원을 받기에 아주 용이한 위치라고 생각했을 뿐입니다."

"관료들이 부족하다만?"

"제 길드를 관리했던 사람들을 데려올까 합니다."

페르노크가 피식 웃었다.

"이미 준비해 두고 있었구나."

"왕자님을 보고 배웠지요."

"좋다. 그럼 후작령은 네가 통치하고, 조디악과 자드, 야일을 각 백작령에 배치하겠다."

"그들도 작위를 원하고 있습니까?"

"그래. 하여, 누가 가장 영지를 잘 다스리는지 지켜볼 참이다."

살리오가 굳은 표정으로 말했다.

"결코, 왕자님께 누가 되지 않도록 제일 번성시켜 보이겠습니다."

"영지뿐만이 아니야. 전쟁 준비도 함께해야 한다."

"그 또한 각오하고 있으니 염려치 마십시오."

"지켜보마."

페르노크가 웃으며 짐을 챙겼다.

바로 다음 달에 연회를 방자한 왕위 후보자들의 출정식이 있다.

지금부터 움직여야 수도에 도착한다.

페르노크가 말 한 필을 꺼내자 모든 길드장들이 다가왔다.

"일국의 왕자인데, 아무리 그래도 말 하나는 좀……."

엔리가 고개를 젓자, 다른 길드장들이 앞다퉈 호위를 자처했다.

"체면은 이곳이 정리된 이후에 차려도 늦지 않아. 각자 요새화 작업에 신중을 기하도록 하고, 어설픈 시비에 휘말리지 마라."

페르노크가 단호하게 말하며 말에 올라타니, 길드장들은 묵례로 대답을 대신했다.

"영지를 잘 관리하는 자에게 상을 내릴 것이니, 다들 한 치의 소홀함이 없도록."

"예!"

페르노크가 말을 몰고 성문을 빠져나갔다.

그의 뒷모습을 바라보는 길드장들 사이엔 무거운 긴장

감이 흐르고 있었다.

'내가 이 성을 더 크게 만들겠다.'

'특산품을 살려 자금을 확보하면 왕자님께서 기뻐하시겠지.'

'나도 작위를 얻어야겠어.'

'지금이 나를 선보일 기회다!'

페르노크 눈에 들려는 길드장들이 서로에게 투지를 불태웠다.

* * *

플레미르가 수도에서 모든 사건을 소상히 밝혔다.

"백작들은 죄인들과 공모하여 인신매매를 서슴지 않았고, 부정하게 쌓아 올린 재물을 사사로이 사용했습니다."

"어떻게 말인가."

"왕궁에 보고되지 않은 사병을 육성하고, 도박장과 개인 상단을 만들어 운영했습니다. 각지의 부호들이 이에 협력하였고, 모든 거래 사실이 이 장부에 적혀 있습니다."

조사단원이 은 쟁반에 정리한 내역을 담아 필레나에게 바쳤다.

몇 페이지 넘기기도 전에 예민한 단어가 포착되었다.

'반스의 상단?'

대부분 정황이 그러하다는 내용이었지만, 반스의 이름을 굳이 적어 놓은 이유를 어렵지 않게 추측할 수 있었다.

'이자가 설마, 경합을 흔들어 보겠다는 건가.'

아르잔이 죽고 줄곧 침묵을 유지했던 플레미르였다.

모든 파벌의 영입 1순위였지만, 단호하게 거절하던 그의 입에서 왕자의 이름이 나왔다.

여차하면 들이받겠다는 뜻이다.

'플레미르가 왜⋯⋯?'

한 번 결심한 일은 뜻을 굽히지 않는 플레미르 공작.

아르잔의 왕위를 도우며 그의 고집을 누구보다 잘 알고 있었다.

관망자의 입장을 고수하던 그가 어떤 파벌도 없이 경합에 뛰어들 이유가 뭐란 말인가.

'다른 아이들에게 설득된 건가? 아니면 혹시 그 사생아 놈?'

페르노크의 영지를 갔다 온 이후 플레미르 심경에 변화가 생겼다.

이건 좋지 않은 변화다.

"보다시피 반스 왕자님의 상단도 관여된 듯한데 수색하겠습니다."

"귀족의 일 아니오. 굳이 정황만 가지고 상단을 압박할 필요가 있소?"

"이와 관련된 사건들을 한 점 의혹 없이 처리해야 나라의 기강이 바로 서지 않겠습니까."

"혹 페르노크 때문이오?"

"전하."

플레미르가 무심한 눈길을 보냈다.

"사건만 보고 판단하는 겁니다. 다른 이유는 없으니 안심하십시오."

"음……."

도통 속내를 읽기 어렵다.

예전부터 플레미르는 무엇을 생각하는지 알기 어려워 껄끄럽게 느껴졌다.

왜 젊은 날의 모습이 지금 아르잔이 죽고 난 공작의 모습과 겹쳐 보이는 걸까.

필레나가 옅은 한숨을 내쉬며 말했다.

"경의 뜻대로 하시오."

"하옵고, 조사단장의 업무를 계속 유지시켜 주시옵소서."

"처음엔 싫다고 하지 않았소? 그런데 이제 와서 그 험한 일을 계속하겠다고?"

"생각보다 사건이 깊고 길게 이어질 듯하여 찜찜한 구석을 남기지 않으려 청하는 것입니다."

모두 이해하기 어려웠지만 이것만은 확실하다.

플레미르가 지금 불이 붙었다.

젊은 날처럼 화려하고 강하게.

"경의……."

이것이 어디까지 번질 불일까.

혹은 자신의 예민한 우려인 걸까.

필레나가 관자놀이를 손가락으로 문지르며 말했다.

"……뜻대로 하시오."

"성은이 망극하옵니다, 전하."

돌아서는 플레미르의 입가에 옅은 미소가 맺혀 있었다.

*　*　*

배상금을 지불했지만, 귀족의 작위를 박탈당한 세 사람은 노예로 전락하지 않았다.

1왕자 파벌이 그들을 불러들였기 때문이다.

"와, 왕자님!"

그늘진 곳에 반스가 앉아 있었다.

어두운 곳에서도 번뜩이는 붉은 눈망울이 그들의 심장을 옥죄는 듯했다.

"소, 송구……."

"내가 왜 그 영지들을 자네들에게 맡겼는지 아는가."

감정이라곤 전혀 담겨 있지 않은 메마른 목소리였다.

"남들은 변방이라고 무시하는 그 영지가 내 절친한 친우인 르젠의 쟈일과 소통할 수 있는 국경을 끼고 있었기 때문이야."

스르릉.

날 서린 소리에 세 사람이 굳어졌다.

"자일의 형편이 요즘 말이 아니더군. 내가 좀 챙겨 줄까 했었는데, 너희들이 아주 쉽게 그놈과 어울려 준 덕분에 모두 틀어졌어."

"하, 한 번만 살려 주신다면……."

"라키스에선 마도사라도 능력이 없으면 작위를 가지지 못한다. 참 올바른 방식이라고 생각해."

"왕자……."

서걱!

반스가 단칼에 세 명의 목을 베어 버렸다.

눈을 부릅뜬 상태로 잘린 목이 바닥을 나뒹굴었다.

몸에서 분수처럼 피가 뿜어지려 하자 잘린 단면에서 불이 치솟아 재로 만들었다.

1왕자 파벌은 함께 어울렸던 백작들이 한순간에 사라진 모습을 보며 마른침을 삼켰다.

"하아, 귀국하자마자 안 좋은 소식을 들어서 몹시 피곤하군."

반스의 무심한 눈길이 파벌을 훑었다.

"그대들은 내 기대를 저버리지 않겠지?"

"예!"

"기대하겠네."

반스가 돌아서자 파벌들이 밀물처럼 빠져나갔다.

그리고 그림자가 일렁이며 목소리가 들려왔다.

[왕자님, 플레미르 공작이 상단을 수색하고 있습니다.]

라키스 제국에서 붙여 준 은밀한 전령이다.

"플레미르가?"

[걱정하지 마십시오. 백작들을 다 잘라 내지 않았습니까. 상단에선 무엇 하나 찾지 못할 것입니다.]

"다른 건?"

[이번 사절단에 브레이아 후작께서 찾아오실 겁니다. 한때, 흑급 용병으로서 페르노크에게 관심을 보인다고 하니, 행여나 밉보이지 않도록 조심하라는 공작님의 전언 있었습니다.]

"감사하다고 전해 드리게."

그림자가 물러가자 반스가 의자에 깊숙이 등을 파묻었다.

"페르노크……."

분명히 죽었다고 생각했는데, 어떻게 살아 있단 말인가.

생각지도 못한 변수가 자꾸만 주위에서 들려와 반스의 입가에 싸늘한 미소를 짓게 만들었다.

2장. **선포**

# 선포

말을 갈아타며 한 달을 바쁘게 달렸다.

저 멀리 일루미나의 수도 페일레아가 보인다.

우뚝 솟은 성문 앞으로 여러 나라의 깃발이 휘날리고 있었다.

'각국의 사절단인가.'

이틀 뒤에 열릴 연회는 사실 왕위 쟁탈전을 선포하는 거행식이었다.

본 싸움이 시작되는 만큼, 각자 지지하는 왕족에게 힘을 보태고자 여기까지 찾아온 것이다.

'르젠은 없군. 살라반이 힘을 썼나.'

최근 살라반이 자일을 압박하는 수위를 높였다고 한다.

자일은 사절단에 참가하지 못하고 선물만 보낼 가능성
이 높다.

'왕족들이 제아무리 뛰어나도 결국은 지지자들이 얼마
만큼 힘을 보태느냐에 따라서 판도가 뒤바뀌겠지.'

강대국들은 저마다 감춰 놓은 한 수가 있다.

동쪽의 지배자라고 불리는 라키스 제국도 다른 나라의
숨겨진 힘이 우려되어 함부로 움직이지 못한다.

자칫, 전쟁이 발발하여 휩쓸렸다간 성황국에게 역으로
침략당할 빌미가 놓이는 것이다.

라키스와 비견할 만한 세력이 있다는 점에서 각국은 서
슴없이 왕위 쟁탈전에 힘을 보탠다.

'각국의 전략적 요충지가 될 수 있는 나라.'

위험을 감수하면서도 각국이 일루미나의 왕을 자신의
동맹으로 옹립시키는데 필사적인 이유.

강대국들 한복판에 위치한 일루미나는 바꿔 말하면 다
른 나라로 손쉽게 물자 운반이 가능한 전술적 가치가 높
기 때문이다.

각 왕족들을 지지하는 다른 나라의 사절단들은 모두 그
이점을 얻고 싶어 한다.

필레나가 여왕이자 관망자로서의 행보를 보여 주는 지
금.

왕이 사라진 이곳은 세상의 모든 권력과 탐욕이 회오리
치는 전쟁터 한복판이었다.

긴 행렬이 끝날 무렵, 페르노의 차례가 왔다.

후작령의 깃발을 보이며 병사에게 얘기했다.

"페르노크 왕자다."

처음엔 초라한 행색과 가벼운 말에 고개를 갸웃했던 병사는 이윽고 페르노크의 용모와 깃발을 보고 화들짝 놀랐다.

"와, 왕자 저하께서 어찌 이런 곳에!"

"내가 못 올 곳을 왔는가?"

"그게 아니옵고, 저곳으로 가시면 되옵니다."

알고 보니 왕족들만 이용하는 전용 통로가 있었다.

그런 것까진 알지 못해서 페르노크가 멋쩍게 웃었다.

"기왕 왔으니 여기로 들어가지."

"하오나, 저곳으로 가시면 내성으로 바로 안내해 드릴 것입니다."

"조금 둘러보겠네. 소란을 피우고 싶진 않으니 조용히 보내 주시게."

"아, 넵!"

병사가 고개를 꾸벅 숙이자 왕실 전용 통로를 지키던 기사가 다가왔다.

하지만 그때는 이미 페르노크가 성안으로 들어간 뒤였다.

마구간 지기에게 말을 맡긴 페르노크는 수도의 모습을 눈에 담으며 조용히 걸었다.

여러 나라의 영향을 받은 일루미나답게 다양한 건축 양식과 백성들의 생활이 눈에 띈다.

'일루미나 고유의 가치는 뭐지.'

왕위 쟁탈전만 신경 써서 그런지 왕실 전용 통로라던가 일루미나 만의 독특한 문화 양식은 기억에 없다.

페르노크가 정보를 추가할 겸, 놓친 부분이 없도록 세세하게 거리를 살피며 나아갈 때였다.

등 뒤가 웅성거렸다.

"라키스 제국이다!"

그리고 페르노크의 뒤로 거대한 마력을 지닌 누군가가 다가왔다.

'S2의 마도사.'

몸이 반응하여 돌아보니, 곰처럼 거대한 사내가 서 있었다.

이마의 흉터를 서슴없이 보이는 중년 사내의 특이한 모습에서 바로 라키스 제국의 후작이 연상되었다.

"페르노크 왕자, 맞지?"

"라키스 제국의 브레이아 후작이신가."

"오, 나인 줄 어떻게 알았나?"

"이마의 흉터, 청색과 녹색의 오드아이 그리고 이 마력은 전 흑급 용병이었던 브레이아 후작밖에 없지 않소."

"크하하하! 젊은 친구가 보기보다 눈썰미가 좋군!"

적의는 없어 보였다.

반스의 사절단으로 찾아온 듯 뒤에 마차까지 대동하고 있었다.

"반갑네. 아! 편하게 말 놓아도 될까?"

"이미 무례를 범하고 있지 않소."

"하하하, 딱딱하게 굴기는. 내 왕성에서는 각별히 대우해 주겠네. 하지만 지금은 용병계의 선후배로 잠깐 얘기나 나누면서 가는 게 어떤가?"

브레이아가 마차를 가리켰으나, 페르노크는 고개를 저었다.

"걸어가겠소."

"그럼 나도 같이 걷겠네."

"……?"

"나도 못 한 S급 길드를 만든 후배 용병이 기특하고 신기해서 얘기나 하자는 거야."

아직도 적의는 보이지 않았다.

페르노크는 말없이 길을 걸었다.

마차를 먼저 성으로 보낸 브레이아가 옆에 따라붙었다.

정복이 답답한지 목의 단추를 풀고 말했다.

"듣던 것보다 예민하군."

"경합을 앞두고 있는데, 1왕자의 지지자가 다가온다면 무슨 생각을 하겠소."

"응? 아! 난 반스가 좋아서 찾아온 게 아닌데?"

페르노크가 옆을 보자, 브레이아가 씨익 웃었다.

"내가 좋아하는 사람은 공작님이야. 반스는 그분께 수련받았고, 왕족의 경합이 펼쳐지는 날이니 우리도 얼굴은 비춰야 해서, 그나마 여유 있는 내가 온 걸세."

"사절단이 할 소리는 아닌 듯싶군."

"라키스의 귀족들은 자유롭게 행동할 권리가 있지. 나도 그 제안을 받아서 귀족이 된 거고."

"용병을 버리면서까지 말이오?"

"자네도 그 위치에 올랐으니, 나라를 설득하는 게 얼마나 어려운지 알지 않는가. 게다가 나는 더 이상 오를 등급도 없었으니, 찾아 주는 사람이 있을 때 간 거지. 물론, 공작님의 마도술에 감명받은 부분이 제일 크지만 말이야."

페르노크가 적당히 고개를 끄덕여 주자, 브레이아는 혼자 신나서 제국과 반스의 관계를 떠들어댔다.

크게 알던 내용들이라 의미 없이 호응해 줬다.

"……아무튼 반스 그놈은 공작님을 너무 흉내 내고 싶어 한단 말이지. 난 그게 마음에 안 들어. 자고로 사내란, 페르노크 왕자처럼 불가능한 일에도 주먹을 들고 덤벼야 하는 게 아니겠어?"

"그럼 가서 지도해 주지 그러시오."

"반스도 마도사야. 나와는 결이 좀 다르기도 하고. 그런데 자네는 나와 참 비슷해 보여. 강화계라서 그런가?"

브레이아는 용병으로서 불패의 신화를 자랑했다.

그의 마도술은 육신을 뭐든지 부숴 버리는 창처럼 다듬어진다고 알려져 있다.

현 강화계 마도술의 최고를 뽑자면 브레이아가 될 것이다.

"시간 나면, 나랑 대련 한 번 어때?"

"그랬다간, 반스가 난리를 칠걸?"

"그놈의 반스! 아유, 지긋지긋하다. 정말."

"라키스에서 이미 결정된 사항을 왜 그리 싫어하는 건가?"

"모두가 같은 생각은 아니지. 공작님이 얘기하셔서 억지로 따르는 것뿐이고."

페르노크가 피식 웃으며 찔러보았다.

"그럼, 공작님께서 이 일에 손을 떼라 하고, 내가 도와달라고 하면 나를 지지해 주시겠소?"

"그러지 뭐."

너무 시원한 말에 페르노크는 순간 말문이 막혔다.

"난 자네 같은 사람이 좋아. 용병의 한계라 여겼던 A급을 뚫어 버리고, 규합해서, 자신을 투기장으로 내몬 자들에게 복수하고 당당히 왕위를 차지하려 하지 않는가! 만약, 제국의 왕자로 태어났다면 나는 자네에게 붙었지."

브레이아는 누가 보건 아랑곳하지 않고 떠들었다.

"라키스가 무섭다면 공작님을 설득해. 그럼 모든 게 해결될 거야."

"……?"

"한 번 손잡은 왕족과 끝까지 갈 거라고 생각하지 말게. 결정은 언제든 번복할 수 있어. 그게 라키스야. 그리고 자네에게도 기회는 존재할지 몰라."

"그런 말 내게 해 줘도 되는 건가?"

"안 될 이유는 또 뭐야?"

브레이아가 되묻자 페르노크는 기가 막혀 웃었다.

"접점이라곤 제국에서 몇 번 스친 반스보다 같은 길을 걸어가는 후배에게 더 마음이 쓰이는 건 당연하지 않겠나."

"……."

"아무튼 끝까지 살아남으시게. 혹시 아나? 라키스의 여론이 바뀔지."

브레이아가 웃으며 페르노크에게서 떨어졌다.

"기특한 후배를 위한 선배의 조언이라고 생각해. 다음엔 좋은 자리에서 보자고."

왕성이 가까워지자 브레이아는 뒤따라오던 호위들에게 다가갔다.

함께 걸어가는 그 모습을 지켜보며 페르노크는 생각했다.

'제국의 13귀족이 모두 반스를 지지하는 건 아니라고?'

어쩌면 라키스는 반스 외에도 보험을 두고 싶을지 몰랐다.

브레이아가 친근하게 찾아온 이유가 그것 때문일 수도 있었다.

'제국의 공작…… 크리스라……'

세계 최강이라 불리는 마도사의 이름을 되뇌며 페르노크가 왕성에 들어섰다.

* * *

배정된 숙소에 머물고 차려 준 옷을 입었다.

이틀 뒤, 성대한 연회장에 들어서자 시끄러운 소리가 울려 퍼졌다.

"페르노크 17왕자님께서 입장하십니다아!!"

그간 순서는 신경 쓰지 않았지만, 막상 듣고 보니 놀랍다.

아르잔은 이렇게나 많은 씨를 뿌리고도 사생아들을 만들었단 말인가.

대체 그런 망종이 어떻게 왕이 됐는지 어처구니없어서 헛웃음을 흘릴 때, 유력 왕위 후보자 셋이 도착했다.

"포르라 3왕자께서 입장하십니다!"

날카로운 인상을 숨기지 않고 드러낸 장신의 미남자, 포르라.

어려서부터 직접 상행을 다녔을 정도로 상계에선 제법 이름을 날린다.

그를 추앙하는 자들은 모두 포르라의 자금력에 굴복했다.

영혼 구별로 판별한 그의 재능은 살라반 못지않았다.

하지만 시선을 잡아끄는 건, 역시 마법사 협회의 사절단이다.

각국에 지부를 두고 있는 마법 협회는 일루미나에 그들만의 성지를 만들고 싶어 한다.

'마력을 합쳐 증폭시키는 기술력으로 자국의 마도사를 한계 이상으로 끌어 올린다고 했었나.'

마법사 협회의 마력 응용법은 전 세계 최고라 알려져 있다.

그 비법을 바탕으로 고레벨 마법사와 3명의 마도사를 보유하고 있다.

"율리아나 2왕녀님과 타이르 왕국의 모르포 후작님이 입장하십니다!"

또각거리는 구두 소리에 모두 귀를 쫑긋 세운다.

꽃잎이 휘날리는 것 같이 화사한 미소를 지으며 율리아나가 등장했다.

그녀의 영혼은 포르라보다 한 수 위였다.

'마법사로서의 역량은 7레벨이 한계인 것 같고, 소문대로라면 전술적 역량이 뛰어나겠군.'

율리아나는 여려 보이는 인상과 다르게 어려서부터 전쟁터를 경험해 왔다.

그녀의 전술적 사고와 판단은 군부의 지지를 얻었다.

그녀 옆에 선 모르포 후작은 흔한 마법사 중의 한 명일 뿐이다.

하지만 타이르 왕국이 문제다.

그곳엔 율리아나의 연인이라고 알려진 괴물이 살고 있다.

모든 강대국들이 주시하고 있는 '마도사를 잡아먹는 마법사'라는 특이한 자가 언제든 기회만 엿보는 중이다.

그 실체를 아는 사람은 없다.

지금까지 세 명의 마도사가 괴물을 확인하러 나섰고 모두 죽었기 때문이다.

타이르 왕국이 다른 나라보다 마도사가 부족함에도 강대국으로 꼽히는 이유가 바로 그 괴물 덕분이다.

"네가 페르노크니?"

율리아나는 곧장 페르노크에게 걸어갔다.

상큼한 향이 미소를 타고 전해졌다.

잘 못 손댔다간 그대로 찔릴 것만 위험한 향기다.

"젊은 나이에 용병왕이라 불린다지?"

"나도 소문은 많이 들었어. 어릴 적에 야만인들에게서 성을 지켜 냈다며."

"오래전의 일이야. 그보단 오라버니의 성을 부숴 버린 네 무용담이 더 대단하지."

"그 정도인가?"

율리아나가 살포시 웃었다.

"후후, 난 격식을 따지지 않아. 누나 옆에선 편하게 있어도 좋아. 만약, 오라버니가 너를 곤란하게 한다면 누나에게 오렴. 언제든 환영할게."

율리아나가 모르포 후작을 대동하고 연회장을 가로질렀다.

누구보다 빛나 보였던 그녀의 후광은 뒤이어 등장한 사내에게 모조리 씻겨나갔다.

"반스 왕자님과 라키스 제국의 브레이아 후작님께서 입장하십니다!"

순간 정적이 흐르고, 모두가 입구를 주시했다.

백금 장발의 사내가 무표정한 모습으로 걸어오고 있었다.

반생자의 기억 속에서 보던 모습보다 자연스러운 강함을 흘려보냈다.

'상당한 재능이군.'

영혼의 색이 지금껏 만난 왕족들 중에서 최고로 뚜렷하다.

'왕가에서도 역대급 재능이라고 했던가.'

반스는 7살에 2레벨 마법을 발현했다.

10살에 마법이 3단계나 상승했고, 10년 뒤엔 6레벨 마법사가 되었다.

그리고 33살인 지금은 무려 나라의 기둥 중 한 명인 S1 마도사로 거듭났다.

매사에 차분하지만, 때론 과감해 왕의 재목이라고 널리 알려져 있다.

'저 재능을 키워 준 게 라키스의 크리스 공작이란 놈이 라지.'

반스 옆에서 나란히 걷는 브레이아는 이쪽에 시선도 두지 않았다.

이틀 전, 친근했던 모습이 거짓말처럼 느껴질 정도로 냉담한 태도였다.

그리고 강대국들은 브레이아를 부쩍 긴장하며 바라본다.

세계 최강국.

그들을 표현하는 단어는 이 하나로 충분하다.

13개의 성을 보유하고, 13명의 강자들을 영주로 삼는 라키스 제국.

흔히 13작이라 알려진 그들은 7명의 남작과 3명의 백작 2명의 후작 1명의 공작으로 구성되어 있다.

모두가 마도사이며 후작급은 S2의 실력자들이다.

그리고 크리스 공작.

그에 대한 평가는 성황국의 대신관보다 높다.

세계 최초의 X급 마도사가 탄생한다면 그건 크리스라고 불릴 정도였다.

또각.

브레이아에게 시선이 쏠린 정적을 뚫고 구두 소리가 들려온다.

와인잔을 들어 올린 페르노크 앞에 무표정한 반스가 멈춰 섰다.

"……."

말은 없었다.

그러나 그 눈은 페르노크의 가슴으로 향하고 있었다.

자신이 누굴 어떻게 찔렀는지 기억을 떠올린 것이다.

호로록.

페르노크가 느긋하게 입 안에서 와인을 굴리자, 반스가 입꼬리를 말아 올리며 서서히 입을 열었다.

"용케 살아 있구나."

육체의 원래 주인이 죽으면서 들었던 목소리가 지금 아주 생생하게 귓가를 자극한다.

"네가 마법사인 줄 알았다면……."

반스가 고개를 살짝 기울여 페르노크에게 속삭였다.

"그 육신을 천 갈래로 찢어 뿌렸을 텐데."

그리고 반스의 얼굴이 멀어지자 페르노크는 웃으며 답했다.

"그러게 왜 가슴을 찔렀어."

페르노크가 목덜미를 손가락으로 두드렸다.

"목을 쳤어야지."

반스의 눈썹이 꿈틀거렸다.

"질긴 놈을 어떻게 찢어 죽여야 하는지 모른다면 내가 그 몸에 천천히 새겨 줄게."

페르노크가 반스의 눈동자를 응시하며 실소를 흘렸다.

"그때까지 지금의 여흥을 차분히 즐기도록."

그리고 페르노크는 돌아섰다.

"위대한 일루미나의 여왕! 필레나 님께서 입장하십니다! 모두 자리에서 일어나 여왕님께 경의를 표하십시오!"

싸늘한 적막을 뚫고 왕관을 쓴 필레나가 왕좌에 앉았다.

그녀가 이곳의 모든 자를 훑으며 그토록 기다려 왔던 말을 꺼냈다.

"모두 새로운 왕이 탄생하는 이 자리를 찾아와 주어 고맙소."

그리고 소리 없는 긴장감이 연회장을 지배했다.

왕족과 그들을 지지하는 강대국들의 전쟁이 시작되는 순간이었다.

* * *

"새삼 나이를 먹어 간다는 걸 실감하오. 오늘의 본인은 어제의 본인보다 조급해지고 사람을 대하는 것이 어려워지기 시작하고 있소. 아마도 이게 왕이 짊어져야 할 무게가 아닌가 싶소. 내가 지고 가기엔 터무니없이 커다랗지."

"아니옵니다! 전하께옵선 나라를 부강하게 만들 현군이시옵니다!"

형식적인 말에 필레나가 손으로 입을 가리며 웃었다.

"나는 이 자리를 잠시 맡은 대리자에 불과하오. 나라가 현 상태를 유지하도록 정치에 관심을 두지 않는 것만이 내가 할 수 있는 전부요. 이건 정상적인 왕의 업무라 볼 수 없소. 하여, 나라를 올바른 방향으로 이끌 진정한 후계자를 선출할 생각이오."

왕위 후보자와 지지자들의 심장이 거칠게 뛰었다.

"오늘을 기하여 나는 선포하겠소! 진정, 이 자리에 어울리는 단 한 사람만이 수많은 백성의 어버이가 될 것이오!"

"과감한 결단에 실로 경의를 표하는 바입니다!"

브레이아가 먼저 외치자, 지지자들이 나서서 필레나의 결정을 환호했다.

왕위 후보자들은 서로를 살피기에 급급했다.

이제부터 그 시련이 찾아온다.

'일루미나의 왕위 후보 선발은 다른 나라들과 다르다.'

대부분의 국가는 르젠 왕국처럼 형제자매들이 서로 싸워 승리한 자가 자연스럽게 왕위를 차지한다.

하지만 일루미나는 경합이라는 과제를 내린다.

아르잔 같은 망나니가 왕이 될 수 있었던 이유가 바로 이 과제를 해결했기 때문이다.

또한 이 과제가 존재하기에 세계 최강 라키스 제국을 등에 업은 반스에게 다른 형제자매들이 대항할 의지를 불태울 수 있다.

기회는 공평하나, 결국 강자가 모든 것을 거머쥔다.

초대 일루미나의 국왕이 왕족이라면 누구나 한 번의 기회를 주어야 한다고 법률로 지정했던 것처럼 경합에 승리한 자를 모든 왕족은 따라야 한다.

'굳이 일루미나의 룰을 따라 줄 필요는 없지.'

페르노크가 묘한 미소를 지으며 왕족들을 살폈다.

반스는 무표정했고, 율리아나는 웃었으며, 포르라는 주먹을 꽉 말아쥐었다.

모두 과제가 무엇인지 알고 있는 듯했다.

"이 왕관에 빛바랜 보석이 보일 것이오."

필레나가 왕관 중심의 무채색 보석을 가리켰다.

"이것이야말로 왕의 상징! 하지만 아르잔이 죽자 상징은 빛을 잃었소! 이것을 살릴 방법은 초대 왕의 무덤에 잠들어 있소!"

초대 왕의 무덤은 왕위를 이어받은 당사자들만 알고 있다.

그곳엔 일루미나의 모든 역사와 강대한 '힘'이 잠들어 있다고 전해진다.

강대국들과 손잡으면서도 침범당하지 않은 이유가 초대 왕의 무덤 덕분이라는 소문이 있다.

하지만 그게 무엇인지는 페르노크도 모른다.

여왕 본인도 그걸 모르기에 스스로를 왕이라 칭하지 않

고 대리자라고 명명했다.

"그곳의 힘을 찾아 왕관에 다시 빛을 발하는 자가 바로 이 자리에 앉을 것이오!"

필레나의 말은 명쾌하여 모두의 가슴을 뛰게 만들었다.

각자 지지하는 왕족을 바라보는 자들의 시선에서 욕망이 들끓는다.

각국의 사절단도 마찬가지다.

모든 역량을 동원해서 반드시 자신의 후원자를 왕으로 만들겠다는 의지가 엿보인다.

"아르잔이 죽으며 말하길, 왕의 무덤은 선조의 혼이 살아 있는 곳에 위치한다고 하였소. 그 단서는 총 5개의 조각으로 나뉘었고, 후보자들은 이를 통해 왕의 무덤을 찾아야 하오. 그러니 마지막으로 선언하겠다."

필레나가 왕위 후보자들을 쭉 훑다가 마지막 페르노크에 이르러 시선을 멈췄다.

"진정 죽음을 두려워하지 않는 자! 내일 이 자리에서 스스로를 증명하라!"

적당히 빠지라는 소리에 페르노크는 피식 웃을 뿐이었다.

\* \* \*

마지막으로 주어진 유예 기간의 의도는 너무 뻔했다.

돌발적인 변수 페르노크를 다른 왕족들이 설득할 시간을 주겠다는 뜻이었다.

그리고 영민한 2왕녀와 3왕자는 바로 필레나의 의도를 알아챘다.

반스를 제외한 세 사람의 테이블이 차려졌다.

"막내가 생겨서 기뻐."

율리아나는 예쁜 미소로 페르노크에게 차를 권했다.

"누나, 여기까지 와서 선량한 사람처럼 굴 거야? 속 시원하게 말해. 용병왕을 휘하에 두고 싶다고."

"너는 동생에게 용병왕이 뭐니."

"동생? 여기 있는 누구도 우리를 가족이라 보지 않을걸. 나도 어려서부터 누나를 궁에서 보고 자라지 않았다면 한가롭게 티타임이나 가지진 않았을 거야."

"얘도 참. 사람들이 흉보겠다."

"반스 형은 이 자리에 오지 않았어. 그 각오를 감당할 자신이 다들 있어?"

싱긋 웃는 율리아나를 포르라가 비웃으며 페르노크에게 시선을 돌렸다.

"네가 제일 먼저 죽을걸?"

"용건이나 얘기해."

페르노크가 느긋하게 말하자 포르라가 입꼬리를 말아 올렸다.

"네 눈에도 우리가 사이좋은 가족처럼 보이지 않을 거

야. 나도 너를 가족으로 받아들일 생각은 전혀 없어. 그건 누나도 마찬가지겠지."

"그래서?"

"너에 대한 정보는 모두 전해 들었다. 솔직히 재능만 보자면 형님과 비교해도 뒤떨어지지 않아. 하지만 경쟁력이 없어. 르젠과 관련 있어 보이는데, 거기도 이미 형의 아군이 있지."

"자일 왕자?"

"그래. 그자가 아무리 힘들어도 왕자의 권리는 충분히 활용할 수 있어. 르젠의 국경을 막는 건 일도 아니겠지. 한마디로 넌 길드가 전부야. 게임이 안 된다고."

"그래서 네 밑으로 들어가라고?"

"동업을 제안한다."

율리아나가 지켜보는데도 포르라는 거침없었다.

"네게도 단서 하나가 주어질 거야. 그거 가지고 나한테 와. 모든 게 끝나는 날, 네게 군권을 전부 넘겨줄게."

"자신감이 넘치는군."

"말했잖아. 동업자라고. 용병들을 통솔하고 마도사에 오른 네 재능은 군부에 적합해. 나는 왕이 되고, 너는 군부의 총사령관이 된다. 그럼 서로가 서로를 존중할 수밖에 없지 않겠어?"

파격적인 제안을 서슴없이 내뱉는 배포가 과연 왕족이라 부를 만했다.

"너도 같은 생각인가?"

"글쎄."

율리아나가 느긋하게 차를 마시며 미소 지었다.

"나는 그냥 가족들끼리 화목하게 지내고 싶어. 칼을 빼든다면 마다하지 않고 회초리를 들어야겠지. 하지만 꽃을 가져다준다면 근사한 화원을 만들어 답례할 거야. 막내만을 위한 성을 만들어 주는 것도 좋겠네."

왕국 내에 독자적인 권한을 가진 영지를 준다.

이 또한 많은 이들의 반발을 살 결정이었다.

하지만 율리아나는 자신 있다는 듯 페르노크에게 차를 권했다.

"난 너를 가족으로 받아들이고 싶어. 어때?"

"설마, 형님한테 붙어먹진 않겠지?"

르젠의 왕위 후보자들은 욕망을 서슴없이 드러내며 멍청하게 싸우다가 자멸한 경우가 많다.

하지만 이들은 적대 관계의 세력도 뜻만 맞는다면 하루아침에 받아들일 야심가다.

이런 부류는 르젠 때처럼 뒤에서 조종할 수가 없다. 앞에서 쥐고 흔들어야 한다.

'이놈들의 후원자인 각 왕국과 필연적으로 부딪치겠지.'

얼마나 많은 실력자들이 찾아와 마력과 영력이라는 양분으로 흡수될까.

수많은 강자가 끼어들 테고, 하나씩 꺾어 먹을수록 정체된 힘이 한계를 넘어선다.

생각만으로도 짜릿했다.

페르노크에게 있어서 왕위 쟁탈전은 건국이란 의미 뿐만 아니라 자신을 강하게 만들 양식장과도 같았다.

"내게 주어진 과제를 차분히 살펴본 후에 답을 주지."

"거절은 좋지 않아."

"애매모호한 녀석은 신뢰를 잃어. 어설프게 떠보지 마."

페르노크가 피식 웃으며 자리에서 일어났다.

"사실 나는 반스와 사이가 안 좋아."

"……?"

"녀석은 사생아의 존재를 알고, 내 가슴에 검을 박았거든."

"……!"

"처음 듣나? 뭐, 하고 싶은 말은 그거야. 적어도 나는 반스와 손잡을 생각 따위는 없어. 내가 왜 백작령 3곳을 쳤는지 곰곰이 생각해 보라고."

놀란 두 사람을 뒤로하고 페르노크는 침실에 들어갔다.

왕족들은 자신과 반스의 대결 구도를 가만히 지켜볼까.

아니면 끼어들어 훼방을 놓거나, 이를 이용해 더 적극적인 회유 작업을 시도할까.

고민이 깊어지는 건 율리아나와 포르라가 될 것이다.

* * *

반스가 브레이아에게 물었다.

"페르노크가 마음에 드십니까?"

"응?"

"어제 그와 같이 길을 걸었다고 들었습니다."

"감시나 붙이는 건 쪼잔한 놈들이나 하는 짓인데?"

"저는 이 나라의 왕자입니다. 이 자리에 있으면 듣고 싶지 않아도 많은 소리가 들립니다."

브레이아가 대놓고 혀를 찼다.

"난 네 그런 모습이 마음에 안 들어. 사내새끼가 음흉하단 말이지."

"후작님께선 정치에 관심이 없으셔서 제가 무척 껄끄러운가 봅니다."

"적어도 난, 제 동생 가슴에 칼을 박아 넣고 당당하게 돌아다니는 추잡스러운 모습을 좋아하진 않는다."

"알고 계셨습니까?"

"사생아 정리? 모를 리가 있나. 13작은 다들 알고 있어."

"제가 추하게 보이십니까?"

"무척. 아주 많이."

반스가 실소를 흘렸다.

"공작님께선 작은 싹 하나도 남겨 두지 않으려는 제 모습을 칭찬해 주셨는데, 후작님은 여전히 의리며 정당함이라는 틀에 갇혀 살고 계시는군요."

"이래서 너랑 내가 안 맞는 거야."

"전 그런 후작님도 제게 필요한 존재라고 생각합니다."

"왜? 이제 와서 양심이라도 챙겨 보려고?"

반스는 대답 대신 미소를 머금었다.

라키스를 모르는 사람들은 모든 13작이 반스를 지지한다고 생각하지만, 모르는 말이다.

크리스 공작의 강렬한 리더쉽에 굴복할 뿐, 13작은 저마다 생각이 다르다.

반스가 오랜 시간 동안 라키스에 머문 건 13작을 전부 설득하기 위함이었다.


"공식적으로 나는 너를 지지한다. 적이 온다면 내가 막아 줄 수 있다. 하지만 13작의 진심을 얻는 건 명령으로 이루어 낼 수 없다."


10명을 설득했다. 하지만 2명이 응하지 않는다.

그중 하나가 브레이다.

근본부터 자유분방한 용병인 이자는 크리스의 명이 떨어지지 않으면 모습을 보이지도 않는다.

그리고 항상 반스를 자극하는 모습을 보이곤 한다.

그게 껄끄러워서 사절단에 다른 13작을 부탁했는데, 굳이 브레이아라니.

 '공작께선 내 자질을 시험하고 싶으신 건가.'

 반대의 성향을 가진 사람도 끌어들일 아량을 가지게 된다면, 그때가 비로소 왕이 될 거라는 크리스의 말이 떠올랐다.

 반스가 표정을 가다듬었다.

 "한 가지만 여쭙겠습니다. 페르노크에게 힘을 더해 주실 겁니까?"

 "난 라키스의 귀족이다. 공과 사는 철저히 구분해. 공작님의 뜻을 거스를 생각은 없어."

 "그 말씀, 확실히 기억했습니다."

 브레이아가 손을 휘저으며 침실로 들어갔다.

 귀족의 책임에서 자유로운 대신, 제국을 위해 싸우라는 조건으로 라키스에 들어간 전대 흑급 용병.

 그 뒷모습에서 S급 길드장이 된 페르노크가 겹쳐 보이자 속이 울렁거렸다.

 '용병 따위들이 이 신성한 왕권을 두고 나대는 꼬락서니가 참 역겹군.'

 반스가 치밀어 오르는 감정을 빠르게 삭였다.

 감정에 지배당하면 되는 일도 그르치는 법이라는 크리스의 가르침을 떠올렸다.

 "결국, 라키스는 나와 함께 간다."

반스의 기세가 베일 것처럼 날카롭게 다듬어져 갔다.

* * *

다음 날, 필레나가 대전에 도열한 후보자들에게 외쳤다.

"이들 네 사람은 진정 죽음을 마다하지 않겠는가!"

"예!"

반스, 율리아나, 포르라, 페르노크가 동시에 외쳤다.

"그렇다면 이들 넷을 지금 이 순간 왕위 후보자로 선택하겠다!"

그리고 안내된 곳은 경비가 삼엄한 보물고였다.

필레나가 왕관을 작은 홈에 내려놓으니 보물고 한쪽에 작은 문이 열렸다.

"이 안에서 가져올 수 있는 건 오직 하나뿐이다."

선대 왕들은 죽기 전 이 안에 무언가를 남긴다.

이곳에서 초대 왕의 무덤으로 향하는 단서를 찾아야 한다.

"반스부터 시작하거라."

반스가 보물고에 깍듯하게 고개를 숙이곤 작은 문으로 들어갔다.

잠시 후, 그가 낡은 단검집 하나를 가져왔다.

"4대 왕의 소장품이네. 역시, 다들 생각해 둔 것들이 있나 봐."

싱긋 웃으며 보물고로 들어간 그녀는 뭉툭한 촛대를 들고나왔다.

"뭐야, 다들 같은 생각이었네?"

포르라가 쓰게 혀를 찼다.

촛대 또한 4대 왕의 소장품이었기 때문이다. 그리고 그역시 낡은 역사책을 들고나왔다.

마찬가지로 4대 왕의 소장품이었다.

4대 왕 케이서스 알 일루미나.

그는 일루미나 역사상 가장 평화로운 외교를 이끌어 낸왕으로 평가받는다.

당시 전란이 감돌던 세계에서 오직 일루미나만 태풍을지나쳤는데, 그 이유가 초대 왕의 무덤에서 '힘'을 꺼냈기때문이라고 전해진다.

실제 역사서엔 기록되지 않았지만, 왕족들은 그 소문이사실이라고 믿는 모양이다.

어쩌면 초대 왕의 무덤에 가장 자상한 단서를 남긴 자가 4대 왕일지도 모른다.

"마지막, 페르노크."

하지만 페르노크는 애초부터 왕의 단서엔 관심이 없었다.

초대 왕의 무덤에 담긴 힘이 궁금했지만, 딱히 얻지 못해도 괜찮았다.

페르노크가 원하는 것은 이곳의 모든 왕족을 말살시키

는 것이었으니까.

무덤과 경합이란 명분으로 그들을 쓸어버리는 것만 생각해 왔기 때문이다.

페르노크는 가벼운 발걸음으로 작은 문에 들어섰다.

퀴퀴한 냄새를 따라 주위를 둘러보니 온갖 골동품이 가지런히 놓여 있었다.

모두 각 시대를 풍미한 왕들의 소장품이다.

'일루미나 역사상 훌륭한 업적을 달성한 왕들만 이곳에 소장품을 놓는다고 했었지.'

무덤 속에 모든 것을 남긴 초대 왕의 소장품은 없었다.

당연하지만 방탕한 삶을 살았던 루드갈의 소장품도 허락되지 않았다.

2대부터 6대 왕까지의 소장품만 이곳에 전시되어 있었다.

낡은 수집품에 관심 없는 페르노크가 적당히 하나 집어서 나가려고 생각한 순간이었다.

"……?"

페르노크의 시선이 희미한 빛에 머물렀다.

2대 왕의 소장품이 담긴 공간.

그곳에 놓인 낡은 저울에서 영혼 구별이 아니라면 절대 보지 못할 영력의 티끌이 발견되었다.

"이건……."

다른 소장품엔 존재하지 않는 빛의 잔재.

영혼의 미련이 강렬하게 남은 사념 덩어리였다.

* * *

사념이란 영혼의 미련이 너무 강해서 떨어져 나간 혼의 조각을 뜻한다.

본래 혼과 함께 명계로 돌아가지만, 예외적으로 사물에 깃들기도 한다.

이 경우의 사념은 부정적이어야 정상이다.

"기이하군."

하지만 저울에 담긴 사념은 그 색이 무척 맑았다.

미련을 가지고 있으나, 소지자에게 해를 끼치지 않겠다는 특이한 형태.

페르노크가 손끝에 영력을 둘러 저울을 만졌다.

사념 덩어리가 페르노크의 영력을 흡수해서 동그란 공처럼 튀어나왔다.

이윽고 새하얀 공에 얇은 팔과 다리와 얼굴이 생성되었다.

사념 덩어리가 아니었다면 영락없는 눈의 요정처럼 보였을 것이다.

[푸하!]

녀석이 기지개를 켜듯 시원한 숨을 토했다.

[흐아아암…… 응?]

녀석과 페르노크의 눈이 마주쳤다.

[뭘 봐?]

그렇게 말한 녀석이 다시 저울 속으로 들어가려 하다가 멈칫했다.

고개 돌린 녀석이 페르노크에게 갸웃했다.

[너, 내가 보여?]

페르노크가 대답 대신 손가락으로 녀석을 집으려 했다.

하지만 허공에 휘젓듯 손가락이 통과되었다.

[뭐, 뭐야. 내가 보여?]

이번엔 손가락에 영력을 담았더니, 녀석이 확실하게 집혔다.

눈앞으로 가져오니 녀석이 놀란 눈을 크게 떴다.

[헉!]

영체가 지성과 감정을 가지고 있다.

흔한 케이스가 아닌지라, 페르노크 역시 흥미롭게 녀석을 바라보았다.

"이름은?"

[누구야, 너! 날 어떻게 잡은 거야!]

"약간의 충격이 필요한가."

페르노크가 영력을 북돋자 녀석이 화들짝 놀라며 외쳤다.

[바몬트!]

어디선가 들어 본 익숙한 이름이다.

곰곰이 생각하던 페르노크가 의아한 표정으로 물었다.

"바몬트 알 일루미나?"

[맞아! 내가 바몬트야!]

일루미나의 2대 국왕 몰트 알 일루미나.

13번째 왕자였지만, 숱한 고난을 당당히 이겨 내고 일루미나를 번성케 했다.

일루미나의 최전성기를 이끌었으며, 군신이라 일컬었다.

'바몬트 왕의 사념?'

페르노크가 사념을 이리저리 흔들어 보며 놀란 표정을 지었다.

'위대한 역사를 이룬 장본인이 자기의 물건 속에 사념을 담았다? 그것도 기억의 편린까지 함께 섞여 있군.'

완전한 영혼이 아니고, 떨어져 나온 조각에 불과했다.

당연히 기억도 온전치 못하여 군신의 위엄은 온데간데없다.

[너, 너 뭐야! 어떻게 날 볼 수 있어?]

"같은 소리나 해 대는 걸 보면, 지성은 퇴행했고, 미련만 남겨진 상태라는 건데……."

[대체 뭐냐니까, 너!]

"입 다물어. 소멸시켜 버리기 전에."

페르노크가 저울에 힘을 주자 바몬트가 양손으로 얼굴을 가렸다.

비로소 그가 가진 무한한 영혼의 크기를 파악하자 두려운 표정을 지었다.

정말 손가락 하나 까딱하는 것만으로도 소멸할지 모른다.

"감정은 남아 있군."

이 시끄러운 것을 살려 두는 편이 좋을지, 아니면 적당히 협박해서 원하는 것을 갈취하고 죽여 버릴지.

일단 보다 이익이 되는 쪽으로 결론을 내리기로 했다.

"묻는 말에 대답하면 강제로 억압하는 일은 없을 것이다. 언제부터 이 저울 안에 있었나?"

[…….]

"대답."

[……모, 몰라. 아주 오래됐어. 춥고, 어두웠는데, 네가 날 깨운 거야.]

"내가 아니면 깨어나지도 못했단 말이지?"

[그, 그렇지.]

"자신이 2대 왕인 걸 자각하고 있나?"

그러자 바몬트가 두려움을 떨치고 당당히 외쳤다.

[그래! 내가 바로 군신, 바몬트다!]

하지만 페르노크가 손가락에 힘을 주자 바몬트는 다시 어깨를 축 늘어트렸다.

"초대 왕과 각별한 사이지?"

[율리서스 삼촌?]

"그래, 네 삼촌. 어디까지 기억해?"

[대단한 분이셨지! 가장 강한 씨를 선발해서 왕위를 물려 줄 정도로 호쾌하신 분이셨어! 나 같은 외가도 기회를 얻어서 왕이 됐을 정도니까!]

그리고 보니 초대 국왕, 율리서스는 능력만을 따져 2대 국왕을 선출했다고 들었다.

비록 바몬트가 13번째 왕자였지만 왕위를 이어받을 정도면 율리서스와 돈독한 사이였을 것이다.

혹시나 싶어 물었다.

"그 사람의 무덤을 기억하나?"

[어…… 뭔가 기억날 것 같은데…… 아!]

바몬트가 저울로 뛰어올랐다.

[여기에 나처럼 힘을 주고 다섯 번 뛰어 봐! 그리고 대칭을 조작하면 삼촌이 주신 메시지가 나올 거야!]

일정한 무게를 특별한 방법으로 내리쩍어 무덤의 단서를 나오게 하는 구조.

하지만 단서가 어떤 형태로 나올지 몰라 함부로 손을 대기 어려웠다.

자칫, 주머니가 볼록할 정도의 단서가 나온다면 다른 왕족들의 시선이 쏠릴 것은 자명한 일이다.

아무도 없는 은밀한 곳에서 혼자 봐야겠다고 생각하자 페르노크가 저울을 챙겼다.

"율리서스와 친했나 보군."

[그럼! 삼촌은 항상 나에게 검을 맡기셨어! 나는 왕국을 지켜 냈고, 영토를 확장해서…… 해서…… 그래서…….]

자랑스럽게 떠들던 바몬트가 갑자기 시무룩해졌다.

[……저 넓은 바다까지 갔어야 했는데. 삼촌이 죽고 나라를 이어받으면서 백성 지키기에 급급했어.]

바몬트의 영토 확장력은 당대의 어느 누구보다도 월등했다.

오죽하면 군신이라고까지 불렸을까.

하지만 군신도 무분별하게 영토만 넓히진 못했다.

백성들이 몰려들자, 영토를 일루미나의 것으로 완성하는 데 전념했다.

'그랬던 건가.'

페르노크는 바몬트의 사념이 왜 존재하는지 알 것 같았다.

바몬트는 강대국들 틈바구니에서 일루미나가 위세를 떨치기 위해선 남쪽의 해안가를 개척해야 한다고 믿었다.

오늘날 타이르 왕국이 해상 교역으로 많은 이득을 취한다는 점을 고려할 때.

바몬트가 그 당시 해안가를 점령했다면 일루미나는 새로운 강대국이 되었을지도 모른다.

하지만 당시의 사람들은 선박 기술보단 마상에 치중했다.

바몬트의 혁신은 받아들여지지 않았고, 일루미나는 강대국들 사이에 갇힌 형태를 유지하게 되었다.

아마, 바몬트의 미련은 해상 정복일 것이다.

"해안가를 거머쥐고 싶었나?"

[응!]

천진난만한 아이처럼 말하는 모습에 페르노크는 고개를 끄덕였다.

'단편적인 기억이라곤 하지만, 오래전의 일들을 단서처럼 꺼내 볼 수 있다. 게다가 초대 왕과 가장 가까운 사이였으니, 경쟁에서 우위를 다질만한 요소가 튀어나올지도 몰라.'

이 사념은 영력을 다루는 페르노크만 볼 수 있다.

여러모로 이용 가치가 높았다.

"내가 대신 정복해 주지."

[정말!?]

아이처럼 좋아하는 사념덩어리에게 페르노크가 고개를 끄덕였다.

"율리서스의 무덤에 담긴 힘이 있다면 가능해."

[삼촌의 힘? 그게 뭔데?]

"모르나?"

[우웅…… 기억 안 나.]

사념의 기억은 고작 여기까지인가.

다소, 실망하여 수다스러운 사념을 잠시 저울에 집어넣

으려 할 때였다.

[그런데 삼촌이 거기에 뭔가 중요한 걸 넣어 놨었어.]

이어지는 말에 힘을 풀었다.

"중요한 것?"

[우리가 무너지지 않으려면 그걸 가져야 한다고 했었어!]

"그게 뭔데?"

[저울에 적어 놨을 텐데……,]

"무덤으로 향하는 길이 아니란 말이야?"

[……응! 힘에 대한 뜻이야! 하지만 걱정하지 마! 무덤 근처에 가면 난 바로 삼촌이 어디에 잠들었는지 알 수 있어!]

"으음……."

[그런데 왜 삼촌 무덤에 집착해? 나도 좋은 거 있는데.]

바몬트도 숨겨 놓은 뭔가가 있다?

페르노크가 몰트와 시선을 마주했다.

"넌 무덤이 없잖아."

[히히, 따로 묻어 놨지! 자격도 없는 한심한 놈들에겐 주기 싫었거든!]

"뭘 묻어 놓은 거야?"

[어…… 뭐였더라…….]

바몬트가 고개를 갸웃했다.

[……그런 게 있어. 직접 봐야 알 것 같아.]

사념의 기억은 여기까지인 듯싶다.

하지만 군신이 숨겨 놓은 보물에 흥미가 동했다.

"네 걸 어디다 숨겨 놨어?"

[저울에 적었어!]

"이 안에 여러 개의 단서가 있나?"

[그럼! 꽉꽉 채워 눌러 담았지!]

몰트가 새로운 방식으로 저울을 번갈아 놓았다.

페르노크가 순서를 기억하곤 저울을 움켜쥐었다.

"소개가 늦었군. 내 이름은 페르노크다. 새로운 왕이 되려 무덤을 찾는 중이지."

[헉! 너 후보자였어!?]

"문제 있나?"

페르노크를 물끄러미 보던 몰트가 히죽 웃었다.

[아니! 너는 자격이 넘쳐! 대신 해안가를 정복해 줘!]

비늘족을 얻었는데 그깟 바다가 문제일까.

"다소 시일이 필요하지만, 네가 못 이룬 꿈을 대신 이뤄 주마. 대신, 전적으로 내게 협력해."

[히히, 난 야망 넘치는 놈들이 좋더라! 내가 끝까지 도와줄게! 걱정하지 마!]

몰트가 페르노크의 어깨로 폴짝 뛰었다.

저울을 벗어난 모습에 페르노크가 의아하여 물었다.

"저울 없이도 이동할 수 있나?"

[원래는 불가능한데, 네가 날 깨워서 가능해졌어!]

바몬트는 페르노크가 보낸 영력을 흡수했다.

미련이 사라지기 전까진 저울을 소지하지 않아도 곁에 데리고 다닐 수 있다.

[저기까지는 떨어져도 괜찮아!]

대략 10미터까지 떨어뜨려도 괜찮다는 말에 페르노크가 묘한 미소를 머금었다.

'벽을 사이에 두고 침투시켜서 정보를 엿듣는 용도로 사용해도 괜찮겠군.'

여러모로 활용성이 높은 사념덩어리다.

해안가를 정복한 즉시 사라지겠지만, 그때까지는 데리고 다닐 만했다.

'초대 왕의 무덤과 군신의 유산.'

생각지도 못한 소득이 연달아 들어오는 듯하여 절로 미소가 지어졌다.

페르노크가 피식 웃으며 저울을 들고 밖으로 나왔다.

반스, 율리아나, 포르라의 시선이 페르노크에게 꽂혔다.

그리고 비웃는 듯 입꼬리가 씰룩거렸다.

'바몬트 국왕이라. 군신의 전설을 들은 모양이지만, 그건 승산이 없지.'

'무덤에 대한 단서는 제일 현명한 왕이 기록하고 있어. 나머지는 자신의 흔적을 장식품처럼 보관한 것에 불과해.'

'저울? 초대 국왕의 다음이라고 저걸 고른 거야? 참 단순하네.'

지금껏 경합에 참가한 왕족들이 초대 국왕과 가까웠다는 이유로 바몬트 국왕의 소장품을 가져왔었다.

하지만 그곳에서 아무것도 얻지 못했다.

그들은 바몬트 국왕이 영토 확장에 정신이 팔려 후손을 위한 안배를 남기지 않았다고 판단했다.

실제로 지금까지 왕이 된 사람들은 대부분 4대 국왕의 소장품에서 단서를 얻었다.

페르노크가 4대 국왕의 소장품을 두고 바몬트 국왕의 저울을 가져왔으니 웃길 만도 했다.

[재수 없게 째려보고 지랄이야.]

바몬트가 왕족들을 비웃으며 쓱 훑어보았다.

반스에서 시선이 멈췄지만, 크게 놀라진 않았다.

[쟤만 조심하면 네가 삼촌 찾아가겠다.]

바몬트가 저울에 앉아 왕족들의 모습을 한심하게 바라보고 있을 때, 필레나가 엄숙한 표정으로 다가왔다.

"모두 선조의 얼을 담아 왔느냐."

"예, 전하."

"비로소 너희들은 경합에 참가할 온전한 자격을 얻었다. 선조 대대로 경합자들에게 내려진 방침은 딱 한 가지. 오직, 자격을 증명하여 나라를 부강케 하는 것!"

필레나가 네 사람 앞에 두 팔을 벌리며 소리쳤다.

"이 왕관의 빛을 발하는 자가 새로운 왕이 되리라!"

"일루미나에 영광을!"

페르노크도 살짝 고개 숙여 형식을 따라 했다.

[가장 하찮은 것이 왜 왕의 행세를 하고 있지?]

몰트가 기분 나쁜 듯 허리에 손을 얹은 채 버럭 화를 냈다.

페르노크가 신랄한 평가에 웃음을 흘리며 천천히 물러났다.

\* \* \*

필레나가 4명의 왕위 후보자를 선포했다.

오늘을 기점으로 새로운 왕이 될 자들이 나타났다는 말에 타국은 촉각을 곤두세우고, 백성은 크게 환호했다.

그리고 왕족들은 일사불란하게 움직였다.

지지자들과 협력해 단서를 찾기에 급급했다.

페르노크는 이미 바몬트를 통해 두 가지 단서를 확보했다.

먼저, 초대 국왕 율리서스가 조카 몰트에게 왕위를 물려주며 내려 준 메시지.

[나는 거대한 악을 이 깊은 어둠 속에 봉인했다.]

무덤에 잠든 힘에 대한 설명.

그리고 다른 하나는 바몬트가 후손을 위해 남긴 자신의 보물.

[생명의 푸름이 돋아나는 대지 아래 나는 왕국의 증표를 남기노라.]

둘 모두 수수께끼 놀음이었지만, 페르노크는 크게 신경 쓰지 않았다.

켈트에게 서신을 보내 이것들의 해독을 맡긴 것으로 충분했다.

처음부터 페르노크의 목적은 이 왕실에 존재하는 모든 부정한 자들의 처분.

그리고 반생자의 한을 풀어 주는 것이었으니까.

"편하게 앉아서 세력들의 힘을 빌릴 생각을 하면 안 되지."

왕위 쟁탈전의 의도는 명확하다.

최후의 한 명이 살아남을 때까지, 무덤이란 빌미로 서로 싸워 병합시키거나 굴복시키라는 뜻이다.

각국의 정보와 권력, 무력, 금력을 사용해 고작 무덤에 초점을 맞추는 이 상황.

안일하다.

전쟁도 모르는 핏덩이들이 세력만 믿고 나대는 꼬락서니가 한심하게 느껴졌다.

페르노크는 오늘 도착한 리오의 서신을 펼쳤다.

[경합이 시작되었단 소식을 들었습니다.
모든 나라가 움직이며 무덤에 초점을 맞추고 있더군요.
경쟁이 과열되어 왕족들 간의 사투에만 집중할 것입니다.
비로소 저희가 바라는 상황이 찾아왔습니다.
모든 준비가 끝났습니다. 명을 내려 주십시오.]

왕족들의 힘이 그들을 지지하는 자들에게서 나온다면,
그 원천을 끊어 버리면 된다.
처음부터 강대국들 간의 대립을 유발시키도록 페르노
크는 루인과 리오를 나누었다.
왕위 쟁탈전이 시작되는 오늘.
페르노크는 그 첫 단추를 한 문장에 적어 보냈다.

[시작해.]

왕족들이 무덤이라는 작은 나무에 혈안이 되어 있을
때, 페르노크는 강대국들이란 거대한 산을 깎아 버릴 절
호의 기회를 노렸다.

3장. **시작**

시작


　루인이 깔끔한 정장을 차려입고 유려한 지팡이를 짚었
다.
　방을 나서자 마르코가 기다리고 있었다.
　"선생님, 어디 좋은 곳에 놀러 가세요?"
　스승이라 부르기엔 근원은 심력을 다루고, 마법은 마력
을 다룬다.
　기술의 응용법과 전장의 판단력만을 데리고 다니면서
가르쳐 주기에 선생님이라 불린다.
　"페르노크 님께서 움직이라는 신호를 주셨습니다. 오
늘은 마르코에게 많은 것을 보여 줄 수 있겠네요."
　"어디로 가는데요?"
　"마법사 협회에서 관리하는 채굴장이 있습니다. 3왕자

의 자금력을 담당하는 한 축이죠."

"무너뜨리러 가는 건가요?"

루인이 고개를 저었다.

"채굴장은 상관없습니다. 그 안에 속한 몇몇 인간들만 처리할 거예요. 물론, 마르코도 배운 것을 써먹어야 합니다. 각오는 되셨나요?"

"물론이죠! 한데, 전쟁을 하는 사람치고 연회장에 놀러 가는 것 같아요."

복장 때문에 그런지 오늘따라 루인의 분위기가 심상치 않았다.

"그곳에 그리운 사람이 있으니까요."

루인이 싱긋 웃자, 마르코는 고개를 갸웃할 뿐이었다.

* * *

페르노크는 루인과 마법사 협회의 관계를 알고 있었다.

보들레아의 기억을 통해 잊을 수 없는 악몽까지 함께 넘겨받았기 때문이다.

젊은 시절의 루인.

아직 7레벨 마법사로 용병단을 이끌었던 그는 난관에 봉착했다.

고위험 마물의 토벌을 의뢰받았는데, 그 당시의 용병단 전력으론 도저히 해결할 수 없었다.

그러나 루인은 해야만 했다.

"라이오닉의 부재료가 그 마물에게 있어."

다른 사람들에게 토벌되는 순간 라이오닉을 만드는 일
이 골치 아파진다.

하여, 루인은 어떤 마법사와 파티를 맺게 되었다.

사물을 정지시키는 특이계 마법을 구사하는 7레벨 마
법사.

반슈타인.

그는 유명한 가문의 출신이었지만 용병들과 어울리길
꺼리지 않았다.

시원한 성격에 루인과도 죽이 잘 맞아, 퀘스트가 끝난
이후에도 정식으로 용병단에 합류시키자는 의견이 줄을
이었다.

하지만 너무 마음을 열어 준 것일까.

용병단만 공유하고 있던 은밀한 진실을 반슈타인이 목
격하고 말았다.

"뭐야, 그 도구는?"

상황이 급박해지자, 보들레아가 마력을 이용한 장치,
연금술 도구를 꺼내 들었다.

고위험 마물의 마력을 제어하고 용병단이 몰아붙여 마침내 원하는 소재를 손에 넣었다.

그것이 시발점이었다.

용병단에 합류하길 거부한 반슈타인은 어느 날, 수많은 마법사를 이끌고 찾아왔다.

목적은 단 하나.

"연금술은 마법을 부정하는 사도의 학문. 어찌 그것을 세상에 전파하여 질서를 어지럽히려 하는가!"

보들레아의 죽음.

연금술의 맥을 자르고, 마력을 응용한 학문은 협회에만 남기겠다는 자들의 무차별 폭격이 시작되었다.

"대답해! 반슈타인!"

루인은 울부짖었다.

"네가 왜 우리를 노리는 거야! 우리와 함께 어울리던 날들을 잊은 거야? 대답하라고!"

그러자 반슈타인은 싸늘하게 웃었다.

"내가 아무리 가문의 답답함이 싫어 뛰쳐나왔다곤 해도, 우리의 근본은 마법이다. 너 또한 비범한 재능을 타고났을 텐데, 어째서 축복받은 우리의 권리를 해하려는 연금술을 두둔하지?"

"보들레아와 나는 조용히 살기로 결심했어!"

"모두가 그렇게 말한다. 하지만 가둬진 힘은 결국 팽창하여 폭발하기 마련이다. 연금술과 마법은 오래도록 겨뤄 왔다. 이제 그 지긋지긋한 날들에 종지부를 찍어야 하지 않겠나?"

그때, 루인은 깨달았다.

반슈타인은 협회에 공을 세우고 싶어 밀고한 게 아니었다.

그저 재능 없는 자들이 자신을 따라 하려는 것에 대한 순수한 분노였다.

고귀한 혈통에 어울리는 고고한 자신감을 드러내며 반슈타인은 루인을 압박했다.

협회의 마법사들과 치열한 전투 끝에, 동료들이 심한 부상을 입었다.

그들과 간신히 도망쳤으나 루인은 절망하고 말았다.

"보들레아!"

가뜩이나 타고난 지병으로 앓던 보들레아에게 반슈타인의 마법이 묻었다.

그녀의 저주는 급속도로 악화되었다.


"미안해……."


병석에 누워 살던 그녀는 언제나 루인에게 사과했다.

아이를 낳고 싶었다.

저주받은 몸이라도 사랑하는 사람과 가정을 일굴 수 있으리라 믿었는데, 모든 희망이 사라졌다.

보들레아가 죽고 삶의 희망을 잃은 루인은 절망 속에서 마도사로 각성했다.

복수는 꿈꾸지 않았다.

남겨진 성과 함께 그대로 죽고 싶었을 뿐이니까.

하지만 페르노크가 왔고 그에게 새로운 희망을 심어 줬다.

그때부터였다.

루인은 오래된 과거를 다시 들췄다.

숲에서 마지막 친우를 보내고, 협회의 정보를 수집하며 다가올 그날을 기다렸다.

페르노크가 왕위 쟁탈전의 당당한 후보로 선발된 오늘.

반슈타인.

마법사 협회장, S2의 시간의 마도사.

그가 가진 모든 것을 무너뜨리고 목숨을 취하여 잠든 이들의 억울함을 풀어 줄 것이다.

"……선생님?"

마르코의 말에 루인은 정신을 차렸다.

협회의 깃발을 오랜만에 마주 보니 잠든 감정이 솟구치는 듯했다.

"저곳입니다."

협회의 깃발이 휘날리는 채굴장.

마법사와 인부들이 어울려 효율적으로 광석을 캐내는 모습이 참으로 역겨웠다.

'이제 와서 화합이라도 논할 참인가, 반슈타인.'

재능 없는 자들에겐 시선도 두지 않았던 반슈타인은 기어이 그 뜻을 살려 2명의 제자를 받아들였다.

둘 모두 마도사가 되었고 그중 한 명이 이곳에 있다.

"저기 있는 전부를 상대할 생각이세요?"

"죽이진 않고 지워 버릴 겁니다."

무엇을?

이라는 의문이 나오기 전에 루인이 지팡이로 지면을 두드렸다.

"하지만 한 놈은 죽여야겠죠."

방대한 마력이 채굴장 일대를 뒤덮은 순간, 모든 소리가 사라졌다.

'강한 건 알고 있었지만, 은의 신관이 지렁이처럼 보일 수준이야.'

그동안 수련 받을 때, 루인은 마력을 조절해서 아주 짧게 마르코를 몰아쳤다.

그럼에도 상대가 되지 않아서 S2의 마도사는 강하구나, 정도로 여겼다.

하지만 지금 이 일대를 장악한 마력은 마르코의 상식을 뛰어넘었다.

마르코가 아는 가장 위험한 은의 신관보다 압도적인 영역이다.

루인이 예고까지 하면서 공간을 확장시켰지만 채굴장을 포위하고 나서야 마르코는 자신이 마력에 갇혔다는 사실을 깨달았다.

소름이 끼칠 만큼 부드러워, 당하고 나서야 깨닫는 침묵의 바법.

마르코가 바짝 긴장하자, 루인이 웃으며 말했다.

"마르코."

"예!"

"마도사의 전투를 직접 본 적 있습니까?"

"클라인과 신관이 대결하는 걸 보긴 했습니다. 하지만 기억이 흐릿해요. 그때는 조종당하던 시기라서…….."

"잘됐군요. 지금 두 눈 뜨고 잘 보셔야 합니다."

채굴장에서 불길을 내뿜는 거대한 마력이 이곳으로 치

솟는다.

"마도사들의 싸움에서 제일 중요한 것이 무엇인지."

채굴장을 잠들게 한 원인이 느껴지는 곳으로 날아오는 사내.

반슈타인의 제자인 염옥의 마도사 릴라이크다.

"웬 놈이냐!"

"윽!"

고함에 불꽃이 섞여 나오자 마르코가 비틀거렸다.

근원을 끌어 올려 대비했음에도 릴라이크의 마력을 견디지 못한 것이다.

"괜찮습니다."

루인이 어깨에 손을 얹자 마르코의 심장이 차분해졌다.

"저자의 불꽃은 조금 특이하죠. 호흡과 움직임에 불꽃이 묻어나오고 그것이 상대의 마법과 마력을 함께 지워 버립니다. 자연계이면서 특이계의 형질을 동시에 가졌으니, 반슈타인이 제자로 들일 만하죠."

"그건 마법사의 천적이란 말 아닙니까?"

"맞습니다. 보아하니, 근원도 저 불꽃 앞에 주춤하고 있군요."

어둠을 지워 버리는 불꽃.

지금의 마르코는 감히 손을 대는 것조차 불가능하다.

"마법과 근원은 결이 다릅니다. 하지만 제 침묵과 근원은 형태가 자유분방하다는 점에서 조금 비슷한 점이 있죠. 우리 같은 부류는 저런 상극에게 이런 식으로 대처해야 합니다."

루인이 지팡이를 들어 올렸다.

끝부분에서 마력이 원형처럼 퍼져 나와 릴라이크를 감싸려 했다.

"마력 장악입니다. 근원도 이와 유사하게 상대의 내부에 침투해서 회로를 모두 터트리는 작업이 가능할 겁니다."

마르코가 고개를 끄덕이자, 릴라이크의 고함이 터져 나왔다.

"마도사? 어디서 보낸……!"

루인의 마력이 불꽃에 태워졌다.

그리고 태양처럼 밝은 불의 구체가 날아왔다.

"……?"

마르코가 눈을 깜빡였다. 꿈을 꾸는 게 아니었다.

구체는 눈에 보일 정도로 느리게 내려왔다.

"마력 장악에 걸린 마법사는 마법의 발동이 느릴뿐더러, 이런 식으로 마력이 흐트러져 터지기도 하죠."

태워진 줄 알았던 루인의 마력은 어느새 릴라이크의 몸을 짓누르고 있었다.

'이 공간에 펼쳐진 모든 마력!'

눈앞에 선보인 마력은 상대를 속이기 위한 허수.

처음부터 루인은 일대의 마력을 모두 조종하여 릴라이크의 모공 속으로 침투시켜 버린 것이다.

'근원도 비슷해. 밤이 드리운 모든 곳을 내 무기로 사용해 적을 찌를 수 있어.'

루인이 지팡이를 틀자 불의 구체가 사방으로 터져 나갔다.

불의 비가 내리는 듯했다.

릴라이크가 이를 악물며 마력을 사방에 퍼트렸다.

화르륵!

일대에 거대한 화염의 결계가 생성되었다.

"상대는 발악합니다. 우선순위를 공간 장악으로 판단하여, 이 속박을 떨쳐 내기 위해 자신의 영역을 새로이 덧씌우죠. 하지만 지금 이 결계가 제 공간을 무너뜨리지 못한다면 이것은 단순한 힘의 낭비에 지나지 않습니다."

거대한 불 주먹이 눈앞에 날아왔다.

"명심하세요."

그리고.

"침묵이나 근원처럼 만물에 개입할 수 있는 특별한 힘들은 공간을 장악하는 자가 전투를 지배하게 됩니다."

불이 루인 앞에서 훅 꺼졌다.

자신을 감싼 불이 모두 사라지는 것을 본 릴라이크의 눈이 부릅떠졌다.

"……."

떡 벌어진 입에선 어떤 소리도 흘러나오지 않았다.

"반슈타인이 자랑하는 제자라고 해서 나름대로 기대했거늘."

루인이 싸늘히 웃으며 눈앞에 손가락을 튕겼다.

"마력 증폭이 없으면 자신의 마도술도 다스리지 못하는 얼간이였구나."

그 앞에 물결처럼 파문이 일었다.

작은 원이 릴라이크를 휩쓸었다.

불꽃과 그 안에 잠재된 마력이 함께 지워졌다.

상실.

침묵의 마법이 마도술로 각성하여 깨달은 이 힘은 마법과 마력은 물론 상대의 모든 인지를 세상에서 삭제시킨다.

파문이 공간에 반사되어 넓게 퍼진 순간 채굴장 일대의 마력은 모두 상실되었다.

쓰러진 마법사들 몸에서 마법과 마력이 남김없이 사라지자, 루인이 일대를 뒤덮은 자신의 마력을 회수했다.

"밤이 드리우면 어둠이 찾아와 세상을 지배한다는 근원도 이와 비슷한 원리일 겁니다."

"……"

"마르코."

"예, 예?"

"잘 보았습니까?"

"예."

"제가 한 말은 기억하고요?"

"예!"

루인이 축 처진 마르코에게 미소 지었다.

"좀 더 보여드릴 걸 그랬나요?"

"아뇨."

"음, 혹시 리오에게 있는 친구들 생각이라도 난 겁니까? 마도사들이 그곳에 있을까 봐?"

"그게 아니라, 선생님을 도와드리러 왔는데 괜히 짐만 되는 것 같아서……."

"하하하, 페르노크 님께서 마르코를 제게 붙인 이유는 전장을 경험하며 배우고 성장하라는 뜻입니다. 미래를 위한 안배지요."

루인이 마르코의 머리를 쓰다듬었다.

"여기서 많이 배우고 돌아간다면 올해 안에 길드장들을 넘어설 겁니다. 그리고 내년엔 마도사들을 상대로도 물러서지 않겠죠."

"감사합니다! 그런데 선생님."

"으응?"

마르코가 머리를 슬쩍 돌리며 루인의 손길을 피했다.

"겉모습은 이래도 저 열아홉입니다."

루인이 피식 웃었다.

"제가 아이를 낳았다면 아마 마르코만 한 손자가 있었을 겁니다."

왠지 쓸쓸해 보이는 미소에 마르코가 말을 잇지 못하자 루인은 품에서 찢어진 천 자락을 꺼냈다.

"시간이 조금 지체됐군요. 그럼 마무리를 하러 갈까요."

"그게 뭔가요?"

"분란의 씨앗."

두 사람이 릴라이크를 지나쳤다.

모든 것이 사라진 그는 석상처럼 선 채로 굳어 있었다.

* * *

마법사 협회장 반슈타인이 믿기지 않는 비보를 접했다.

"뭐?"

제자, 페드손이 울분 섞인 목소리로 외쳤다.

"릴라이크가 죽었습니다."

쾅!

탁자를 세게 내리친 반슈타인이 페드손을 노려보았다.

"대낮부터 재미없는 농담이다, 페드손."

"스승님, 채굴장의 마법사들도 모두 당했습니다!"

순간, 방 안에 지독한 마력이 감돌았다.

페드손이 움찔 떨자 반슈타인이 마력을 회수하고 눈을 번뜩였다.

"하나도 빠짐없이 얘기하거라."

페드손은 채굴장에서 벌어진 일들을 세세하게 고했다.

상단이 채굴장으로 갔을 때, 인부와 마법사들이 모두 쓰러져 있었고, 릴라이크가 언덕 위에서 선 채로 굳어 있었다.

　한데, 그 시체에 특이한 형태가 남아 있었다.

　"짐승이 손톱으로 할퀸 자국! 그리고 마력이 몸에 하나도 남아 있지 않았습니다!"

　릴라이크는 죽어서 마법과 마력이 사라졌다고 볼 수 있으나, 마법사들은 멀쩡히 눈을 떴다.

　이윽고 그들은 마법과 마력을 발동하지 못하는 괴이한 현실과 마주쳤다.

　"지금 다들 협회로 돌아오고 있습니다! 그리고 이것을 발견했습니다."

　페드손이 내민 천자락에 희미한 문양을 살피고 반슈타인이 싸늘한 표정을 지었다.

　"타이르……."

　별자리를 연상케 하는 문양은 타이르뿐이다.

　그리고 마력과 마법을 갉아먹는 아주 특별한 자가 그곳에 있다.

　"마도사를 삼키는 마법사."

　이제껏 누구도 실체를 확인하지 못한 마법사의 사신.

　그 괴물을 확인하고자 나선 마도사들은 모두 마법과 마력이 상실된 채로 죽고 말았다.

　생각을 정리한 반슈타인이 자리에서 벌떡 일어났다.

"타이르로 간다."

* * *

타이르는 전에 없는 긴장감에 휩싸였다.

마법사 협회에서 찾아온 S2의 마도사가 싸늘한 미소를 짓고 있었기 때문이다.

"전하는 어디 가고 후작께서 오십니까?"

정중한 말투 속에 숨겨진 적의를 모르포 후작이 모를 리가 없다.

"외교는 모두 제가 맡습니다."

"이곳에서 나누는 모든 대화를 책임질 수 있단 말이오?"

"얼마든지요."

"내가 전하께 서신을 한 통 보냈소. 그 내용을 알고 있소?"

모르포가 무거운 안색으로 고개를 끄덕였다.

"유감스러운 일입니다만……."

"감히!"

반슈타인이 눈을 부릅뜨자 공간에 흉흉한 마력이 몰아쳤다.

모르포도 타이르가 자랑하는 S1의 마도사였지만 식은 땀을 흘렸다.

"내 제자의 죽음을 알고도 후작 따위가 나서서 일을 수습하려 한단 말인가."

"말씀이…… 지나치십니다."

"협회의 수많은 마법사들이 마력을 잃었다! 그곳에서 타이르의 표식이 발견되었어! 이를 어찌 설명할 것이냐!"

반슈타인이 탁자에 찢긴 천 자락을 거칠게 내던지자, 모르포는 힐끗 살피곤 차분히 말했다.

"누군가의 음해입니다."

"난 확실한 답을 원해."

"저희도 모르는 일을 어떻게 정확히 말씀드리겠습니까? 저는 오히려 다른 자가 타이르와 협회 사이를 이간질하려는 수작으로 짐작됩니다."

"이간질?"

"만약, 저희가 채굴장을 쳤다면 마법사들을 살려 뒀겠습니까?"

반슈타인이 씨익 웃자, 모르포의 안색이 창백해졌다.

마력이 쉴 새 없이 몰아쳐 그를 압박하고 있었다.

"흔적도 남기지 않았을 겁니다. 타이르는 협회장님의 생각처럼 허술한 국가가 아닙니다."

"그랬지. 타이르는 언제나 철저했어. 일루미나의 전대 국왕을 가리는 경합에서도 아마, 라키스와 얽혔었지?"

"……지나간 일입니다. 하지만 과거를 들추시니 한 말씀 더 드리자면, 지금 타이르는 굳건한 왕위 체계를 갖추고 있기에 율리아나 왕녀님을 지원하는 것 이외의 일들은 관심도 두지 않습니다."

"그럼 마력이 소실된 상황을 어떻게 설명할 텐가?"

"잘 모르겠습니다. 원하신다면 합동 조사단을 꾸리시지요?"

"그렇게 당당하면 이 자리에 마도사를 잡아먹는 마법사를 데려오시게."

"무슨 말씀을 하시는지 도통……."

"감춘다면 자네들의 소행으로 판단하겠네."

모르포가 짓누르는 마력에 저항하며 물었다.

"타이르가 우습게 보이십니까?"

"난 지금 제자를 잃은 슬픔을 억지로 참는 중이야."

반슈타인이 안광을 번뜩였다.

"거부하겠다면 협회는 타이르와 관련된 그 무엇도 허락하지 않을 것이네."

"좋을 대로 하시죠. 서로 경합하는 처지에 이제 와서 가당치도 않은 협박입니다."

"하면, 이 사건을 타이르의 짓이라 판명 내려도 되겠나?"

"억지를 부리는 게 협회의 전통이라면 그리하십시오. 전 세계가 비웃겠군요."

"후작, 그 괴물을 데려오면 내가 직접 이 사건의 억울함을 따져 보겠다는데, 왜 일을 복잡하게 만들어."

"협박에 굴한다면 타이르가 아닙니다. 저도 마지막으로 말씀드리죠. 국왕께서 말씀하시길, 이 사건은 석연치 않은 구석이 있으니 양자가 협의하여 원만히 처리하라 하였습니다. 저희가 진정 흔적이나 남기는 하수로 보이십니까?"

반슈타인이 자리를 박차고 일어났다.

"협회는 오늘부로 타이르와 관련된 모든 일을 도와주지 않을 것이네."

"그리 전하겠습니다."

반슈타인이 돌아서자 모르포는 허물어졌다.

마도사에 이르고 이토록 긴장한 날이 얼마만이지 모르겠다.

'시간의 마도사, 세계에서 열 손가락에 꼽히는 괴물답군.'

모르포가 식은땀을 훔치며 왕성으로 향했다.

반슈타인의 분노를 어떻게 상대해야 할지 골치가 아파왔다.

\* \* \*

반슈타인이 성문을 나서자 페드손이 따라붙었다.

"저 가증스러운 놈들이 둘째의 죽음을 외면하고 있습니다!"

"타이르가 아닐 수도 있다."

반슈타인이 접견실에서 보였던 분노는 온데간데없이 사라졌다.

페드손이 의아할 정도로 무심한 표정이었다.

"하지만, 후작을 그리 몰아치지 않았습니까."

"마도사를 삼키는 마법사의 존재를 확인해 보고 싶었다. 포르라 왕자를 위해서도 타이르의 비밀 병기가 무엇인지 알아 둬야 하지 않겠느냐."

"그럼 스승님은 둘째를 죽이지 않았다는 후작의 말을 믿는 것입니까?"

"정치를 일삼는 노회한 것들의 말은 흘려들어야 한다. 하지만 한 가지 명확한 게 있어."

"그게 무엇입니까?"

"타이르는 허술하지 않아."

굳이 천 쪼가리를 남기며 흔적을 만들 리가 없다.

타이르가 라키스와 얽혔을 때, 얼마나 치밀하게 움직이는지 경험해 봤기 때문이다.

"물론, 타이르가 예전 같은 전성기를 누리고 있진 않지만, 매몰차게 들이댈 수도 없다."

아직, 타이르가 숨겨 놓은 괴물을 보지 못했으니까.

"하오나, 스승님!"

"둘째의 죽음이 나도 몹시 애석하구나. 범인이 잡힌다면 내가 앞장서서 찢어 죽일 것이다. 하지만 첫째야, 감정만 앞세우기엔 지금 시국이 어지럽게 흘러가고 있다."

반슈타인은 일루미나에 끼어든 변수를 떠올렸다.

영지 네 개를 한 번에 삼켜 버린 그 술수를 듣자마자 감탄했을 정도였다.

"반스 말고도 포르라 왕자를 위협할 세력이 끼어들고 있어. 우리의 과제는 포르라 왕자를 왕위에 옹립시켜 '탑'을 건설하는 것이다. 하니, 타이르의 미심쩍은 구석이 해결될 때까지는 경계만 해 두고, 왕위 쟁탈전에 심력을 기울여야 한다."

"……알겠습니다."

"범인이 나온다면 필시 경합에 모습을 드러내겠지. 그것이 타이르라면 난 망설이지 않을 것이다. 설령, 포르라가 뜯어말리더라도 타이르와의 일전을 불사하겠다."

타이르 왕성을 살피는 반슈타인의 눈이 싸늘해졌다.

"진범이 밝혀질 때까지 섣부른 충돌은 삼가고 타이르를 계속 관찰하거라. 사소한 것 하나까지 내게 보고하도록 해."

\* \* \*

같은 시각, 리오는 바다 위를 가르는 여러 척의 배를 살피고 있었다.

타이르 왕국의 물자 운송 선단이다.

[채굴장을 정리했습니다.]

루인의 신호가 전달되었다.

이쪽도 움직일 시간이다.

"너희들이 해야 할 일은 간단해."

리오가 자신을 초롱초롱하게 바라보는 아이들에게 웃으며 말했다.

"저 선단에서 떨어져 내린 보급품들이 바닷물에 젖지 않도록 '비늘족'에게 넘겨줘."

"예!"

근원의 아이들이 물에 발을 딛자 둥둥 뜨기 시작했다.

그 밑에 붉고 푸른 비늘을 가진 이종족들이 받쳐 주고 있었기 때문이다.

"족장님, 부탁드립니다."

비늘족의 족장 크레이드가 리오 옆에서 모습을 드러냈다.

통곡의 해협을 건너온 그는 잔잔한 물결에 떠다니는 배를 애들 장난감처럼 보고 있었다.

"선단을 부수는 건 상관없다. 하지만 죽이지 말라는 명은 받아들일 수 없다. 저곳엔 위험한 인간들이 많다."

"조절하기 어렵다면 뜻대로 하십시오."

"한데, 인간. 이상하군."

"뭐가요?"

"큰 족장은 어째서 습격만 하라고 지시를 내린 건가. 자고로 부족을 흔들려면 그 부족의 강맹함을 당당히 드러내는 게 제일 좋은 방법이다."

"그건 이미 다른 곳에서 썼어요. 지금 한창 그것 때문에 불타고 있는데, 거기에 우리가 선단을 습격해 봐요. 어떤 결과가 펼쳐질 것 같아요?"

고심하던 크레이드 조심스럽게 답했다.

"불을 더 지피겠지만 누가 했는진 모를 것 같군."

"맞아요. 그게 중요해요. 여기서 표식을 남긴다면 양측은 동시에 벌어진 사건이 너무 공교롭고 의도성을 띤다고 생각하겠죠. 두 나라가 아닌 다른 세력이 이간질했다고 판단할 겁니다. 하지만 말없이 휩쓸고 가면 결국 자기와 적대하는 세력을 처음부터 의심하고 맙니다."

"뜻대로 될 것 같나?"

"적어도 페르노크 님이 의심받는 일은 없게 할 겁니다. 협회나 타이르 왕국이 3자를 의심한다면 그건 라키스 제국이 되게 만들 테니까요."

리오가 손뼉을 마주치며 싱긋 웃었다.

"루인 님과 저희는 강대국들을 흔들고, 페르노크 님은 왕족들을 몰살시킨다. 이 두 개가 동시에 이루어져야 큰 탈 없이 왕국을 접수할 수 있습니다."

"무슨 생각인지 대충 알겠다."

"하하하, 부담 가지지 마세요. 계획이 틀어져도 상관없거든요. 저 선단이 침몰하는 것만으로 상당한 가치가 있으니까요."

타이르는 선박을 이용한 운송 기술이 특별한 국가다.

그들을 흔들기 위해선 바다를 이용할 수밖에 없다.

하여, 페르노크는 이종족을 부릴 권한을 리오에게 넘겨주었다.

지금 이곳엔 크레이드를 포함한 비늘족의 정예 수천 명이 도착한 상태였다.

"족장님도 능력을 인정받으셔야 한 자리 크게 차지할 수 있습니다. 뿔족에게 뒤지지 않으려면 열심히 뛰셔야 할 거예요."

"말하지 않아도, 큰 족장을 위해 목숨 바칠 각오가 되어 있다."

"든든하네요."

리오의 미소가 진해졌다.

"그럼 증명해 주시죠. 바다의 사냥꾼이라는 비늘족의 실력을 제대로 보고 싶습니다."

크레이드는 말없이 물속에 들어갔다.

그리고 잠시 후, 곳곳에서 수많은 기포가 올라왔다.

어느새 바다에 붉고 푸른 비늘이 가득 차 있는 것을 본 리오의 눈이 휘둥그레졌다.

순식간에 그들은 선단에 접근했고.

콰앙!

한순간에 선단 바닥을 갉아먹었다.

"이게 비늘족……."

선단을 모두 정리하는데, 1시간이 걸리면 빠르다고 판단했었다.

하지만 크레이드가 선체 밑을 파고든 그 순간, 모든 것이 끝났다.

수천의 비늘족이 손톱 한 번 긁은 것만으로 선체는 쉽게 부서져 나갔다.

뿌우우-!

가라앉는 선체에서 다급한 나팔 소리가 울려 퍼지고 마법사들이 나선다.

하지만 기울어진 선체를 따라 바다에 빠지는 마법사들이 비늘족 앞에서 무엇을 할 수 있을까.

페르노크에게 마력을 다스리는 방법을 배운 비늘족들은 강화계 마법사보다도 빠르게 가라앉은 적들을 씹어먹었다.

우우우웅!

그리고 근원의 아이들이 선단에 실린 보급품들을 비늘족에게 운반했다.

그들은 보급품이 젖지 않도록 수면 위에 들고 이동하여 육지의 뿔족에게 향했다.

땅굴족이 만든 거대 수레에 보급품을 한가득 실은 뿔족들이 은신처로 이동한다.

모든 상황이 정리되기까지 걸린 시간은 고작 20분이었다.

"인간, 다음은?"

피로 물든 바다에서 솟구친 크레이드가 무심히 물었다.

리오가 웃으며 되물었다.

"저런 마법사들이 실린 배가 바다에 나온다면 몇 척까지 상대할 수 있습니까?"

"지금 여기 있는 부족원들만 가지곤 30척까지 가능하다. 하지만 모든 부족원들을 끌고 온다면 저 수의 몇 십 배가 되어도 상관없다."

리오가 치솟는 입꼬리를 감추지 못했다.

"좋습니다. 족장님의 의지가 이토록 남다르니 저도 참을 수가 없군요."

"이제 무엇을 하지?"

"이곳에서 계속 적의 보급품을 갈취해 오십시오. 마도 사가 있다면 피하시되, 충분히 제압할 만하면 쓸어 버리십시오."

리오가 하얗게 웃었다.

"저놈들이 배가 고파 바닥을 기어 다닐 정도로 몰아붙이시면 됩니다."

* * *

페르노크는 시끌벅적한 화원을 들여다보았다.

"너 미쳤어? 지금 타이르를 공격해?"

"나야말로 타이르의 정신 상태가 멀쩡한지 궁금해. 어떻게 협회장의 제자를 죽일 수 있어!"

루인과 리오가 두 세력을 자극한 덕분에 왕족들까지 여파가 미치기 시작했다.

"우리 쪽이 아니라고 얘기했잖아!"

"선단 습격? 그런 비겁한 짓을 협회장이 할 것 같아!?"

"너희가 아니면 누군데? 뭐? 라키스가 갑자기 해상에 침투하기라도 했다고? 그렇게 말하고 싶은 거야?"

"우린 아니야. 이미 물어봤어! 가뜩이나 협회 사정이 흉흉한데, 바다로 돌릴 여력이 어디 있겠냐고!"

한쪽엔 표식을 다른 한쪽엔 의문을.

보복처럼 보이게 만든 상황에선 명확하지 않은 일들에 상대를 의심하게 만든다.

하지만 루인과 리오는 아직 시작도 안 했다.

이제부터 더 많은 것들이 갉아먹으며 사라질 텐데, 두 세력은 서로를 이 잡듯이 뒤지려 한다.

'급한 건, 율리아나 쪽이겠지.'

선단 습격은 세력 간의 분쟁을 격발시키는 장치임과 동시에 보급의 차질을 만들기 위한 결정이기도 하다.

리오가 부숴 버린 선단에선 많은 양의 식량이 운반되고 있었다.

그 공백을 채워야 하니, 타이르는 여러 나라에 손을 빌려야 할 처지다.

"긴말할 필요 없어. 당장 복구해!"

"흥, 협회장께서 내게 타이르와는 일절 거래하지 말라고 엄포를 놓으셨어. 설득해 보던가?"

"너, 그 식량이 어떤 의미인지 몰라서 하는 말이야?"

"잘 알지. 가뜩이나 가뭄으로 민심이 흉흉한데, 세금이랍시고 억지로 끌어다가 모은 군량미 아니야? 그런데 그걸 왜 나한테 따지냐고!"

"바닷물이 치솟고 불이 일렁였어. 마법사의 소행이 아니면 대체 뭐란 말이야?"

"마법사가 한둘이야? 하아, 진짜 답답해 미치겠네!"

"너 어디 가!"

"더는 할 말 없어! 불만이 있으면 협회장한테 가서 따져! 누나 약혼자 데려려면 되잖아! 마도사를 삼키는 마법사인가 뭔가 하는 그놈!"

포르라가 자리를 떠나고 율리아나는 초조하게 입술을 질근 깨물었다.

'라키스도 경합 상대인 율리아나에게 좋은 짓을 해 주진 않겠지. 포르라마저 외면하면 식량이 궁핍해진 율리아나는 가뭄이 들지 않은 르젠으로 가겠군.'

그곳에서 리오가 타이르에게 빼앗은 군량미를 가지고 접선한다.

타이르의 깊숙한 곳까지 침투할 사전작업이 끝나게 되

는 것이다.

[제가 율리아나와 타이르의 관계를 끊어 버리겠습니다.]

그 말 한마디에서 시작된 해상 작전이 어떤 결과를 초래할지 기대하며, 페르노크는 방에 돌아왔다.
켈트에게서 서신이 도착해 있었다.

[친애하는 우리 물주님께. 그 수수께끼가 의미하는 곳을 찾아냈네.]

생명의 푸름이 돋아나는 대지 아래 나는 왕국의 증표를 남긴다.
바몬트가 남긴 보물의 단서를 켈트가 정확히 풀어냈다.

[바몬트 알 일루미나가 야심차게 세계 정벌을 외치던 시절, 수많은 유목민이 푸른 대지에 모여들었지.
그곳에 담긴 토양이 하늘의 기운을 내린다고 칭송하여 왕국을 세우니, 그곳이 바로 타이르였어.
푸름이 돋아나는 대지.
그곳은 곧 타이르 왕국의 수도 바라드.
그 위에 세워진 왕궁이란 뜻이야.
자세히 알아보니 타이르 왕궁에 성지처럼 보관되어 온

특별한 장소가 있다더군.

어쩌면 그곳이 수수께끼의 정확한 장소가 아닐까 싶네.]


페르노크가 저울에 시선을 돌렸다.

정작 물어볼 대상은 지금 저울 속에 잠들어 있다.

바몬트라는 사념 덩어리는 페르노크가 얼마의 영력을 불어넣건, 일정 시간이 지나면 잠에 빠져든다.

"타이르……."

경합 상대인 페르노크가 들어가기에 불가능해 보였다.

하지만 다급한 율리아나를 떠올리니 한 가지 방법이 생각났다.

"거기부터 부숴야겠군."

특정할 수 없는 무언가가 강대국들 사이에 균열을 일으킬 때, 이 혼란을 자유롭게 가지고 놀 특권은 오직 페르노크에게만 허락되었다.

무력, 식량, 단서.

모두가 원하는 것들을 지금 페르노크가 거머쥐고 있었다.

* * *


타이르 왕국과 마법사 협회의 갈등을 반스도 주시하고 있었다.

"협회가 타이르를 공격한 건가?"

[아직 확답하긴 어렵습니다. 하지만 모든 정황이 협회 쪽으로 흘러가고 있습니다.]

"왜지?"

[선원들은 살았고, 마법사들만 죽은 모습이 혹 채굴장 습격 사건과 비슷하기 때문입니다. 무엇보다 선단을 책임져야 했던 타이르의 공작이나 후작이 왕국에 묶여 있었습니다. 반슈타인이 왕국에 직접 찾아가 적의를 표출했기 때문이죠.]

반슈타인이 혹 왕국에 분란을 일으킬까 두려워 마도사들을 모두 왕성에 불러들였다.

그와 동시에 선단이 습격당했다. 우연이라고 보기엔 모든 일이 의도적으로 흘러가는 듯했다.

"선단 쪽의 고레벨 마법사가 수십 명은 있다지 않았던가?"

[적측에 마도사 혹은 그보다 많은 수의 마법사를 보유했을 거라고 짐작합니다.]

"마법사끼리의 충돌은……."

[예. 마력 증폭을 사용하는 협회가 유리하죠. 생존자들도 바다가 뒤집혔다는 말을 했고, 그만한 마력은 협회의 특기이니까요.]

"다른 왕족들의 움직임은 없었나. 이를테면 페르노크……."

[감시하고 있었습니다. 용병들은 영지에 묶여 있더군요.]

반스가 묵묵히 고개를 끄덕였다.

'내가 너무 예민하게 반응했나.'

어쩌면 배후에 제3세력이 존재할지 모른다고 생각했다.

나라 간의 분쟁을 일으킬 3세력은 명분이 필요한 왕족이라고 판단해서 페르노크도 주시했었다. 하지만 역시 과민 반응이었다.

S급 길드가 대단한 명성이긴 해도 마도사들이 득실거리는 강대국에 비할 바가 아니다. 미치지 않고서야 싸움을 시작할 리 없다.

자신이 죽이지 못한 사생아 때문에 신경이 곤두섰다고 생각하며 반스가 고개를 저었다.

"선단엔 6개월 분량의 군량미와 보급품이 실려 있었다지?"

[예. 모두 심해에 가라앉았습니다.]

"바보 같은 년."

타이르 왕국은 해상을 넘어 육지 최전선에도 군건한 진지를 구축하려 했다.

율리아나가 보급을 추진하여 협력하기로 했었는데, 모든 것이 가라앉고 말았다.

가뭄으로 나라가 힘든 시기에 이만한 보급품을 구할 방법은 존재하지 않았다.

포르라가 일루미나를 틀어막고, 반스는 경쟁자에게 손을 내밀지 않으며, 르젠도 자일과 살라반의 대립이 심화

된다.

율리아나의 계획은 모조리 무산될 것이다.

"알아서 떨어져 나가 주는군."

[감시는 어떻게 할까요?]

"혹시 모르니 일단 붙여 둬. 페르노크에 대한 경계 수준도 유지시키고."

[알겠습니다.]

그리고 반스는 자신이 찾아낸 단서를 바라보았다.


[새벽의 이슬이 맺히는 곳에 망자의 한이 잠들어 있나니…….]


라키스의 방대한 정보력을 토대로 단서의 첫 번째 행방을 찾아냈다.

"다른 놈들의 눈이 내게 붙지 않도록 철저히 잘라 버려."

[예, 왕자님.]

전령이 그림자 속에 자취를 감추고, 반스의 심복들이 무장한 상태로 나타났다.

"혼란에 휩쓸릴 필욘 없다. 우린 우리의 방식으로 제일 먼저 이 고리타분한 경합을 끝낸다."

라키스 제국에서 엄선하여 보낸 마법사 부대를 이끌고 반스가 제일 먼저 무덤을 찾으러 왕성을 떠났다.

* * *

율리아나도 단서를 찾았다.

하지만 무덤을 찾으러 갈 여유가 없었다.

'이 일을 성공으로 이끌어야, 내가 타이르까지 넘볼 수 있는데!'

타이르 왕국의 내륙 최전선 진지 구축.

명목상 율리아나와 그녀의 약혼자인 타이르 왕자가 합동으로 맡아 추진해 온 계획이다.

경합으로 강대국들이 술렁일 때, 국경을 보호한다는 명목으로 최전선까지 진군한다.

다른 나라의 반발이 있겠지만, 어차피 그들도 따라서 행동할 터였다. 똑같이 수를 둔다면 타이르가 이득이다.

그들의 전선은 말끔히 다듬어져 있지만, 타이르는 해상에 신경을 쓰느라 육지의 전선이 소홀한 상태였기 때문이다.

해상과 더불어 육지까지 탄탄하게 정비할 기회를 수년 전부터 노려 왔다.

일루미나의 왕위 쟁탈전과 더불어 동맹국의 힘까지 강화시켜 끝내 화합하려는 율리아나의 야망을 타이르 국왕은 기껍게 응해 주었다.

'진지 구축만 성공했으면, 왕자도 공을 인정받아 왕권

을 공고히 다졌을 터인데!'

율리아나는 일루미나의 왕으로, 약혼자는 타이르의 왕
이 되어 서로 동등한 관계에서 나라의 국력을 하나로 합
친다.

오직 그 하나의 목적을 위해 달려왔건만, 야망은 시작
부터 좌초될 위기에 처했다.

포르라는 타이르를 적대 선언하고 일루미나에 유통되
는 식량을 틀어막았다.

반스의 라키스 제국이 있었지만, 그는 강대한 대적자다.

절대 손을 뻗어선 안 된다.

르젠도 상황이 열악했다.

자일과 살라반의 혈투가 본격적으로 시작되어 상단들
은 모두 왕족들에게 보급품을 납품하기 급급했다.

그렇다고 성황국에 손을 벌리기도 어려웠다.

그곳은 분명 대가로 신전 건설을 요구하며 왕국에 침투
하려 할 테니까.

당장 최전선으로 보낸 군대를 먹여 살릴 군량미가 없었
다.

"쉽지 않군요."

같은 뜻을 가진 모르포와 이 사실을 의논했지만, 그도
뾰족한 수가 없었다.

극심한 가뭄에 시달리는 건 일루미나뿐만이 아니었으
니까.

"저희도 최대한 군량미 확보를 하고 있으나, 상단들이 각 영주와 거래를 마무리하여 남은 물품이 없습니다. 추수 때까지 비축미로 연명해야 할 판인데, 억지로 군량미를 끌어내려 했다간 민심이 들고 일어날 것입니다."

"후작님, 이 일은 반드시 성공시켜야 합니다! 제가 왜 경합과 동시에 추진했는지 아시지 않습니까."

"알지요. 수 년 전부터 군량미를 모아 온 왕녀님의 절박함을 어찌 모르겠습니까. 하지만 방법이 없습니다."

"……그 빌어먹을 협회 놈들."

율리아나에게 싸늘한 미소가 맺혔다.

"그놈들이지요?"

"모든 상황이 공교로워 단정 짓긴 어렵습니다."

"하지만 바다를 뒤덮을 만한 마법사는 라키스 아니면 협회뿐이지 않습니까."

페르노크에 대한 생각은 처음부터 머리에서 지웠다.

선단의 생존자들은 모두 바다가 뒤엎어지는 친재지변을 맞닥뜨렸다고 했다.

그건 마도사급에 이른 자들이거나, 고레벨 마법사를 무수히 많이 보유한 단체에서 가능한 방법이다.

페르노크는 여기 있고, 세력인 용병들은 영지를 지킨다.

이 조건에 충족될 여지가 없다.

"반스는 제가 잘 알아요. 힘이 있으면 정면에서 밀고

들어오는 녀석입니다. 협회예요. 협회가 분명합니다!"

모르포는 부정하지 않았다.

선단이 습격받은 그 시간, 후작과 공작은 왕국에 있었다.

시간의 마도사 반슈타인이 제자의 죽음을 트집잡으러 오는데, 자칫 험한 일이 벌어질까 우려하여 최악의 사태를 대비코자 함이었다.

나라의 마도사가 왕국에 묶인 상태에서 선단이 부서졌다.

7레벨 마법사들을 다수 태웠음에도 막지 못할 전력이라면, 역시 마력 증폭을 사용하는 협회뿐이라고 판단했다.

"분한 마음은 억누르셔야 합니다. 우리가 감정으로 협회를 대한다면, 라키스가 이 틈을 찌르고 들어올 겁니다."

양 세력이 싸워서 소모된다면 라키스는 그 틈을 노리지 않을 것이다.

물고 물리는 관계.

첫 시작부터 그 상황을 대비하여 만들어 놓은 계획이 무너지려 하자 율리아나는 두통이 치솟았다.

"아쉽지만, 사건을 수습하고 경합에 전념하시지요. 반스가 떠났습니다."

"……!"

율리아나의 심장이 거칠게 뛰었다.

경합에서도 늦어지고, 계획도 무너지는 이 상황의 돌파구는 정말 없단 말인가.

'잠깐……'

그리고 보니 페르노크의 영지에 굶어 죽는 이들이 없다는 말이 떠올랐다.

'그 용병들이 어떻게 그만한 백성들을 먹여 살릴 수 있지?'

일루미나의 낙원이라 불리는 북부의 거대한 경계선.

그리고 페르노크는 어느 왕국의 지지도 얻지 못한 단일 세력.

"후작님."

"예?"

"잘하면 우리가 경합에서도 앞서고 계획을 실행시킬지 몰라요."

"그게 무슨……"

율리아나는 악마의 입으로 들어가는 한 수를 택했다.

"페르노크가 르젠에서 어떻게 식량을 구해 오는지 확인해 주세요."

\* \* \*

[너 이렇게 앉아 있어도 돼?]

오랜만에 깨어난 바몬트가 볼을 빵빵하게 부풀리며 칭얼거리기 시작했다.

[빨리 내 보물을 찾고 삼촌의 무덤도 찾아가야지!]

페르노크가 은은한 미소를 머금으며 느긋하게 책장을 넘겼다.

[아이참! 이러다 저 바보 같은 놈들에게 죄다 뺏겨 버린다고!]

페르노크가 한참 동안 책을 읽다가 책장을 덮었다.

난간에 서서 성문 쪽으로 고개를 돌리자, 포르라의 깃발이 보였다.

마법사 협회를 이끌고 드디어 단서를 찾아 떠나는 듯했다.

"이제 조용히 얘기 좀 할 수 있겠군."

[쟤들 다 떠나는데 아직도 여기 머물 생각이야?]

"초대 왕의 무덤은 관심 없어. 어차피 일루미나를 접수하면 알아서 가져올 테니까. 하지만 네 보물은 궁금하군. 그걸 찾기 위한 절차를 밟고 있으니 시끄럽게 굴지 말고 저울에 들어가 있어."

페르노크가 영력으로 밀어 넣자 몰트는 가벼운 투정을 부리며 저울에 들어갔다.

그리고.

똑똑.

"왕자님, 율리아나 왕녀님께서 찾아오셨습니다."

미끼를 덥석 문 그녀가 나타났다.

"들라 해."

페르노크가 탁자에 앉자 문이 열리며 곱게 단장한 율리아나가 들어섰다.

"누나가 왔는데 반기지도 않는 거니?"

"다른 사람들 다 떠날 때 찾아온 이유를 모르는 것도 아니고, 괜한 말씨름을 좋아하지 않아서."

페르노크가 맞은편을 권했다.

"앉아. 긍정적으로 검토해 줄 테니까."

율리아나의 입꼬리가 파르르 떨렸다.

자신보다 위에 선 것처럼 깔보는 듯한 태도가 신경을 자극했지만, 감정을 억누르며 맞은편에 앉았다.

"왕국과 협회의 일을 알고 있었구나."

"그 정도 동향도 몰라서야 S급 길드를 거머쥔 이유가 없지."

"한데, 왜 조용히 있어?"

"내가 가진 게 물자들뿐인지라."

율리아나가 싱긋 웃었다.

'다 파악하고 있구나.'

반스나 포르라보다 조용해서 경합에 다소 무관심한 줄 알았지만, 페르노크는 율리아나가 찾아올 것을 이미 알고 있었다.

그에게 의지할 수밖에 없는 결정적인 패를 손에 쥐고

있었기 때문이다.

"내가 일전에 제안한⋯⋯."

"네가 찾은 단서, 내게 넘겨."

페르노크가 날카롭게 말을 자르자 율리아나가 미간을 살짝 좁혔다.

"⋯⋯뭐?"

"일시적 동맹. 나쁘지 않아. 하지만 네가 원하는 것을 먼저 넘겨주면 내가 버림받을지 어떻게 알아. 우호의 증표로 네 단서를 넘겨준다면 거래를 시작할 준비가 되었다고 판단하겠어."

"아니, 잠깐⋯⋯."

"자, 그럼 군량미의 가치를 따져 볼까? 타이르가 육지에도 진지를 구축해야 한다면, 굉장히 많은 인력이 투입되겠지. 그럼 적어도 1년은 보급이 원활해야 해. 내가 전부 해결해 줄 수 있어."

율리아나가 페르노크의 무례함을 잊을 정도로 충격에 휩싸였다.

6개월 분량의 군량미만 요구할 생각이었는데, 한술 더 떠서 1년 치를 마련해 준다고 한다.

"믿지 못하겠다면 6개월 치의 군량미를 먼저 보내 줄게. 단, 내 조건을 수락한다면 말이야."

"⋯⋯뭔데."

"우선, 군량미의 대가는 땅으로 받겠다."

"땅을?"

"우리 영지에서 수십 킬로 올라가면 농지를 보유한 영지가 있지?"

"설마, 그라에스 백작령 말이야?"

"그 땅을 잘 포장해서 내게 넘겨."

자기의 손으로 자신을 따르는 파벌을 쳐 내라.

과격한 말을 율리아나는 태연한 표정으로 받아쳤다.

"돈은 필요 없어?"

"이미 쌓인 게 재물이라. 돈으로 쉽게 구하지 못할 것들을 원하지."

"북부만으론 모자랐니?"

"어차피 누이가 왕이 되면 나라가 모두 그 손에 떨어질 텐데, 이런 사소한 것들이 중요해?"

나무를 보지 말고 숲을 봐라.

페르노크가 비웃으며 한 말을 율리아나는 덤덤히 받아들였다.

"단서와 그라에스면 되겠어?"

"반스와 포르라를 쳐낼 때까지, 내게 칼을 들이대지 마."

"임시 동맹이라는 거네. 나도 원하는 바야."

"그리고 군량미는 내가 직접 타이르 왕궁으로 운반한다."

"왜? 네 상단이 있잖아."

"자세히도 찾아냈군. 하지만 뭘 모르네. 그 상단은 내가 비자금 용도로 활용하는 곳이야. 물품을 받아 오는 것부터 관리까지 내가 직접하고 있어. 다른 사람 손에 절대 맡기지 않아. 무슨 뜻인지 알겠어?"

"왕성으로 출입…… 타이르에 연을 대고 싶은 거니?"

"소개해 준다면 마다하지 않아."

페르노크의 도발적인 눈빛에 율리아나가 피식 웃었다.

"타이르의 상권까지 달라고?"

"왕성에서 힘을 써 주면 좋겠어. 몇 년 동안은 세금도 걷지 말고."

페르노크가 웃으며 시비가 내 온 다과를 율리아나에게 건넸다.

"단서와 땅 그리고 상단의 확장. 모든 건 반스와 포르라 모르게 진행해야 해. 받아들인다면 바로 6개월분의 군량미를 준비하지."

율리아나는 알고 있을까.

지금 이 군량미가 모두 그녀의 선단에서 빼돌린 보급품이란 사실을.

페르노크는 그녀의 보급품을 이용해 그녀의 살을 잘라 먹고 있었다.

가만히 앉아서 그녀가 바치는 대가를 날름 받아먹기만 하면 된다.

어떤 식이든 이익으로 이어지는 결말에 페르노크는 느

굿하게 차를 음미했다.

그리고 깊이 고심하던 율리아나가 말했다.

"다음 달, 그라에스 백작령을 넘겨줄게. 네 사람을 심어도 상관없도록 깔끔하게 포장해서."

"대금은 선불이야."

"담보로 단서를 먼저 줄게."

"찾았었나?"

"반스보다 먼저 알아냈어. 일이 터져서 수습하느라 못 간 거지."

율리아나가 페르노크를 응시했다.

"타이르 왕성으로 찾아오는 모든 길을 감춰 줄게. 군량미를 가지고 은밀히 찾아와. 반스와 포르라 모르게."

"시간만 정해. 알아서 맞춰 줄 테니까."

율리아나가 감정을 눌러 담아 말했다.

"기쁘구나. 이렇게 말이 잘 통하는 동생을 둬서."

페르노크가 어깨를 으쓱하자, 율리아나는 빙을 떠났다.

그리고 바몬트가 저울에서 튀어나왔다.

[이 날강도 같은 놈! 빼먹는 솜씨가 보통이 아니구나!]

"덕분에 왕성으로 쉽게 들어가게 됐잖아."

[내 보물이 그토록 탐났나 보지?]

"그것 때문만은 아니야."

한 가지 왕성에서 찾아볼 것이 있었다.

시간의 마도사 반슈타인도 들어가지 못한 타이르의 왕성.

그곳에 마도사를 집어삼키는 마법사가 숨어 있다.

페르노크는 소문으로만 전해지는 그 실체를 확인하고 싶었다.

그것이 자신이 만든 판에 얼마나 영향을 끼칠지 알아 둬야 이후의 계획을 편히 수립할 수 있기 때문이다.

바몬트의 보물과 괴물의 존재.

그리고 율리아나와 타이르의 관계에 균열을 일으키는 것까지.

여러 가지를 한 번에 노리고 확실히 흔들어 버릴 생각 이었다.

"세력 간에 균열이 생겼지만, 아직도 다들 눈치만 보고 경계만 한단 말이야. 그 넘치는 여유를 확실히 제거해 줘 야지."

[어떻게?]

"그들이 아끼는 보물을 살짝 건드리면 돼."

페르노크가 의미심장한 미소를 지으며 느긋하게 다과 를 즐겼다.

그리고 다음 날, 율리아나가 찾아와 약속했던 신뢰의 증표를 꺼냈다.

초대 왕의 무덤으로 향하는 4대의 단서였다.

4장. **왕의 증표**

# 왕의 증표

[만악(萬惡)이 살아 숨 쉬는 석양 아래.]


페르노크가 율리아나를 물끄러미 바라보았다.

"내가 여기까지 와서 허무맹랑한 말이나 준비했을 것 같아?"

율리아나가 4대왕의 뭉툭한 촛대를 테이블에 꺼냈다.

그리고 촛대에 차를 부으니 숨겨진 글자가 드러났다.

방금 보인 것과 똑같은 단서였다.

'만악(萬惡).'

바몬트는 초대 왕의 무덤에 일루미나의 특별한 힘이 감춰져 있다고 얘기 했었다. 어쩌면 만악이 그를 지칭하는 것일지도 모른다.

하지만 페르노크는 깊이 고민하지 않고 대충 고개를 끄덕였다.

어차피 단서는 율리아나가 자신에게 얼마나 협력할 것인지 확인하는 용도에 지나지 않았다.

무덤에 대한 단서를 옆으로 미루고 페르노크가 계약서를 들이밀었다.

"이게 뭐야?"

"백작령을 넘긴 이후에 탈이 생기면 안 되니까."

선금 군량미 6개월 분량과 지난 날에 나눈 대화를 양식으로 작성했다.

율리아나가 기가 막힌다는 표정으로 페르노크를 보았다.

"이렇게까지 해야겠어?"

"용병 세계에선 구두 계약을 취급하지 않아서 말이야. 그 아래에 지장을 찍어 줘. 피를 내주면 더 좋고."

율리아나가 엄지를 깨물어 피를 내고 계약서에 찍었다.

페르노크가 계약서를 서로 나눠 가지며 자리에서 일어나려 했다.

"최소한의 신뢰는 생긴 것 같은데, 좀 더 긴밀한 관계로 넘어가지 않을래?"

뜬금없는 제안에 돌아보니 율리아나가 싱긋 웃고 있었다.

"서로를 건들지 않는다. 그 정도면 충분하지 않아?"

"내가 볼 땐, 세력이 뒷받침되면 네가 포르라 정도는 쉽게 찍어 누를 것 같거든?"

"그래서?"

"솔직히 말해 봐. 너 왕위에 관심 없지?"

페르노크는 일루미나를 갈아엎고 새로운 나라를 세우려 했지만, 율리아나는 그가 한 자리 차지하고 싶다는 쪽으로 오해했다.

"영지만 계속 관리하는 것도 그렇고, 어차피 길드만으론 이 거대한 판에서 뭔가 하기 힘드니까. 일루미나의 2인자라도 되고 싶은 거 아니야?"

"그게 너랑 무슨 상관인데?"

"내가 얘기했잖아. 이 나라의 군권을 너에게 줄 수도 있다고."

"군권……?"

"거기에 한 가지를 더 추가할게. 타이르의 진지가 구축되면 그곳에 일루미나의 병사를 섞을 거야. 그곳도 너에게 맡길게."

페르노크가 피식 웃었다.

"과한 대접에 몸 둘 바를 모르겠군. 하지만 가지지 못한 걸 함부로 제안하면 안 되지. 반스라면 모를까, 타이르의 힘으로 경합에서 승리할 수 있겠어?"

반스를 거론하자 율리아나가 자극받은 듯했다.

그녀가 실소를 흘리며 말했다.

"너도 귀가 있으니 들어 봤을 거야. 마도사를 먹는 마법사."

"반슈타인이 기를 쓰고 찾는단 말은 들었지."

"하지만 그게 타이르의 전부라고 생각해?"

의미심장한 말에 페르노크가 자리에 앉았다.

"그것 말곤 볼 게 없다고 생각하는 편이야."

"호호호, 매지션 킬러를 모르니 그런 소리를 하지."

페르노크는 더 이야기해 보라는 듯이 고개를 까딱였다.

"매지션 킬러는 왕실 직속의 비밀 부대야. 마도사를 먹는 마법사가 그 위에 독자적인 권한을 부여받고 있지. 그리고 그 힘은 세계에서 한 손가락에 꼽혀."

"그래 봐야 반스에 못 미치잖아."

율리아나가 그 말을 기다렸다는 듯 눈을 빛내며 물었다.

"예전부터 사람들은 라키스를 두려워했지. 하지만 타이르가 진정 두려워하는 건 라키스가 자랑하는 12명의 마도사가 아니야. 그들이 인간인 이상 매지션 킬러를 당할 순 없어."

"그럼?"

"13작의 수장. 군신이라 불리는 존재. 그를 제외하면 남은 12명은 타이르가 이길 수 있어."

율리아나가 단언하는 타이르 왕국의 비밀병기에 점점

흥미가 솟구쳤다.

"과장이 심하군."

"크리스 공작이 일루미나에 태어났다면, 우리나라는 지금 제국이 되었을 거야. 나도 경합 같은 건 진작에 포기했을 테고."

크리스 반 아스테인.

30대 후반의 나이로 세계 최강을 거론하는 라키스 제국의 군신.

남은 12작들이 모두 덤벼도 크리스의 옷자락 하나 스치지 못할 거라는 우스갯소리마저 돌고 있다.

"오죽하면 그 힘이 너무 강해 라키스의 '패황'마저도 크리스에게 독자적인 권한을 부여했지. 덕분에 우린 라키스 제국에 대항할 생각을 하게 되었고."

"……?"

"라키스 제국이 반스 오라버니에게 협조하는 건 맞아. 하지만 크리스 공작은 타국에 직접 개입하지 않아. 어디까지나 자국에 이득이 되는 방향으로 움직일 뿐이지."

페르노크가 처음 듣는 생소한 정보였다.

"반스 오라버니는 크리스 공작에게 지도받고 마도사가 되었어. 그건, 직접 싸워 쟁취하라는 뜻이야."

"제자를 스승이 모른 척할 리가 있나."

"천만에. 그렇게 주장하는 건 오라버니뿐이야. 아무도 반스 오라버니를 크리스 공작의 제자로 보지 않아. 그는 무척 자유분방하고 독단적이며 강하거든. 수하를 둘지언정 제자를 만들진 않지."

"그래서 크리스만 아니면 라키스와 해 볼 만하다는 건가?"

"정확히 선을 그어야지. 크리스가 참전하지 않는 왕위쟁탈전을 치르는 거야. 그리고 나는 길드를 가진 너와 손을 잡는 게 이득이라고 판단했어."

"군재가 넘친다는 소문과 다르게 너무 긍정적이군."

"진심 없이는 너와 같이 일할 수 없을 것 같았거든."

"흠······."

율리아나는 어느 정도 사람을 보는 눈이 있다.

다만, 페르노크가 무엇을 원하는지 정확히 모를 뿐이다.

크리스가 참전하지 않는 라키스의 12작들을 율리아나와 협력해서 견제한다는 내용은 꽤 솔깃했다.

적어도 자신의 북부 영지가 위협받을 일이 안 생긴다는 뜻이었으니까.

"평가가 나쁘지 않군. 확실히 내가 어느 세력에 가담하느냐에 따라서 경합의 판도가 바뀔 거야."

"호호호호! 자신감이 넘치는구나."

"궁금하면 시도해 볼까?"

페르노크가 차갑게 웃자, 율리아나의 웃음이 뚝 끊겼다.

"난 용병이야. 더 많은 보수를 주는 사람에게 발길이

향한다고."

"동맹. 그것 말고 뭘 더 원해? 네가 필요한 건 계약대로 다 해 준다잖아."

"타이르가 자랑하는 병기의 가치를 직접 보고 동맹을 이어 나갈지 말지 결정하고 싶군."

"설마……."

"마도사를 먹는 마법사. 내가 직접 보고 싶어. 13작을 아우를 만한 힘이 있는지 말이야."

"그건……."

"어느 세력에 붙든 우리 길드는 제 몫을 다한다. 내 전력은 다들 알 거 아니야. 하지만 난 누이의 전력을 몰라. 내가 위험을 무릅쓸 가치가 있는지 확인시켜 줘야 더 깊은 관계로 발전하지 않겠어?"

"……."

"약혼자라며? 설마, 동생에게 소개시켜 주지도 못하는 거야?"

페르노크가 느긋하게 차를 마시며 대답을 기다렸다.

'네가 왜 나를 더 깊은 곳까지 끌어내리려는지 알고 있어.'

반년 치 군량미를 쉽게 내준다는 페르노크의 재물이 자신의 계획과 맞아떨어지기 때문이리라.

페르노크와 동맹 이상의 관계로 나아간다면 향후에 큰 도움이 될 거라는 판단으로 선뜻 제의했으나, 서로의 위치를 명확히 파악시켜 줘야 했다.

어디까지나 급한 건 율리아나고 힘을 쥔 쪽은 페르노크라는 사실을 말이다.

"길드는 이 세계에서 보자면 티끌만 한 단체에 불과하지. 진정 힘 있는 자들은 더 큰 권력을 탐하기 때문이야. 르젠은 용병을 무서워한 게 아니야. 개미들이라도 모여서 치부를 건들면 귀찮아지니까 그런 거지."

"난 뱀의 머리가 되어도 상관없어."

페르노크가 딱 잘라 말하자 율리아나가 싱긋 웃었다.

"우리 패를 보여 주면 넌 끝까지 가야 해. 함부로 발설하는 것조차 용납되지 않아. 자신 있어?"

"자신 없다면 처음부터 이 판에 끼어들지도 않았지."

"좋아. 그럼 너도 네 단서를 보여 줘."

페르노크가 저울을 특별한 방식으로 움직였다.

그러자 저울의 한 귀퉁이에 글자가 새겨졌다.


[광채가 모든 것을 잠들게 하리라.]


율리아나가 해석을 바라는 듯 페르노크에게 시선을 돌렸다.

"내 메시지는 무덤을 찾는 게 아니야. 무덤 속의 특별한 공간을 지칭하는 쪽이지."

"광채라……."

"무덤만 찾아내면 그 안에서 초대 왕께서 계신 공간까지 아주 쉽게 들어갈 수 있어."

이 메시지는 거짓이다.

저울의 특별한 방식을 연금술에 접목시켜 새로운 장치를 만들어 냈다.

왕의 유품을 건드리라고 누가 상상이나 했겠는가.

하지만 바몬트는 '상관없어'라며 오히려 잘 이용해 먹으라고 격려까지 해 줬다.

"그럼 이제 얘기는 끝난 건가."

페르노크가 손을 내밀었다.

"동맹은 어디까지나 반스와 포르라를 치울 때까지. 하지만 중도에 서로의 목적이 부합하지 않는다면 언제든 깨질 수 있다는 점을 명심해."

"지독해서 마음에 드네. 군량미를 가지고 와. 내 약혼자를 구경시켜 줄 테니."

율리아나가 페르노크의 손을 마주 잡고 미소 지었다.

웃음 속에 감춰진 강렬한 욕망을 느끼며 페르노크도 마주 웃었다.

\* \* \*

리오가 율리아나에게서 빼앗은 군량미를 새로 포장하는 작업을 끝냈다.

상단의 인장이 박힌 포대를 여러 개의 수레에 나눠 실어 운반했다.

율리아나가 가르쳐 준 길은 반스의 은밀한 감시자도 따라붙지 못했다.

그리고 길 끝엔 율리아나가 기다리고 있었다.

"어서 와. 한데, 왜 이것뿐이니?"

"해상도 아니고, 육로에서 이 많은 군량미를 한 번에 옮겼다가 시선이 쏠리면 곤란할 거 아니야."

"하긴, 반스 오라버니의 감시자도 따라붙고 있으니까."

"군량미는 여러 상단에 나눠서 차례대로 수도에 입성시킬 거야."

"이런 종류의 거래가 능숙한가 보구나."

"괜히 비자금을 만들어 두는 게 아니지."

페르노크가 능글맞게 답하며 상단을 이끌었다.

율리아나의 은밀한 길을 따라 타이르 왕국의 수도 바라드에 도착했다.

대지가 비옥하여 온갖 작물을 재배하고, 풍족한 식량을 바탕으로 문화까지 발전시킨 타이르.

근래 가뭄으로 작물 재배에 난관을 겪고 있지만, 여전히 수도는 아름답고 빈곤을 모르는 듯했다.

예술과 문화의 나라라는 말답게 온갖 조형물과 그 사이를 가로지르는 물길은 찬란함을 자랑했다.

"언젠간 타이르의 문화를 우리나라에 가져오고 싶어."

율리아나가 타이르의 빼어난 경관을 자랑스럽게 얘기하자, 바몬트가 페르노크 어깨에서 볼을 부풀렸다.

[자고로 왕이란 강해야 한다!]

바몬트는 생전의 위엄을 보이기라도 하듯 허리춤에 손을 얹고 당당히 외쳤다.

[내게 없는 거라면 정복해서 빼앗을 생각을 해야지!]

"곳곳에 적을 만들어서 어쩌자는 건데."

[너도 적을 만들고 있잖아.]

"네 유산이 그것들에 맞설 힘이 있다면 충분히 승산 있는 싸움이 되지 않겠어?"

[유산…… 그렇지!]

바몬트의 찢긴 사념은 유산을 기억하지 못한다.

하지만 그 영광만은 영혼에 새긴 듯 언제나처럼 자신감 넘치게 답했다.

[진정 왕이 될 자만 그걸 가질 수 있어!]

"기대하지."

쓸모없다면 굳이 이곳까지 온 보람이 없을 테니까.

뒷말을 삼키며 페르노크는 타이르의 웅장한 왕궁을 바라보았다.

이 나라의 마도사인 공작과 후작은 모두 협회 건으로 자리를 비운 상태였다.

그럼에도 느껴진다.

왕궁에 도사리고 있는 맹수의 기척이.

'마법사…… 그것도 5레벨 수준. 한데, 나를 주시하고 있나.'

근위기사단의 발끝도 미치지 못할 마력은 지금 페르노크를 향하고 있다.

페르노크가 맹수를 느꼈을 때, 맹수 또한 페르노크를 바라보고 있었다.

왕성의 탑, 그 꼭대기.

'묘한 놈이군.'

유난히 돋보이는 약한 마력의 시선을 느끼며, 페르노크가 왕성에 들어섰다.

\* \* \*

페르노크가 찾던 푸른 대지는 율리아나조차 쉽게 접근하기 어려운 곳에 존재했다.

"푸른 대지? 설마, 성역을 말하는 거야?"

"이 왕성이 푸른 대지 위에 세워졌다고 들어서."

"호호호, 하긴, 이곳의 왕족이 아니면 잘 모르는 내용이긴 해."

율리아나가 삼엄한 경계로 가득한 특정 구역을 가리켰다.

"저 경계 너머 이곳의 왕족 외엔 출입을 불허하는 특별한 장소가 있어. 그곳은 온통 푸른 흙으로 덮여 있고, 이곳의 왕은 그곳을 성역이라 칭하지.”

“한번 구경하고 싶군.”

“성역은 왕족들도 쉽게 출입하기 어려워. 이들에게 성역은 왕국의 탄생부터 시작된 신앙과도 같은 거야. 설령, 라키스 제국의 크리스 공작이 오더라도 이들은 성역을 개방하지 않아. 억지로 성역에 침범하려 하면 전쟁마저 불사하지.”

“이 성 자체가 푸른 대지 위에 세워졌다지 않았나.”

“그거야 역사책에나 기록된 말이지. 사실, 성역의 크기는 대지라 불릴 만큼 넓지 않아. 화원 정도의 규모라고 보면 돼.”

“입장도 허가받지 못했다면서 직접 본 것처럼 얘기하는군.”

“들었어. 내 약혼자에게.”

마도사를 먹는 마법사를 말하는 것이리라.

“그는 성역의 출입이 자유로운가?”

“왕족 중에서도 가장 특별하니까. 성역의 수호자들도 그의 출입을 막진 않아.”

페르노크가 고개를 끄덕이며 성역의 수많은 기척을 느꼈다.

고레벨 마법사들이 주위를 빼곡히 지키며, 성역에 발을 걸친 순간 경계령이 발동되어 방위대가 모두 달려오는 구조였다.

'쉽지 않겠군. 그런데 정확히 어디를 말하는 거지?'

페르노크가 어깨 위의 바몬트를 볼 때였다.

갑자기 그 사념이 강렬한 색채를 뿌리기 시작했다.

[아…… 아아…… 아아아아아!]

사념이 자신과 관련된 물건 혹은 생명체와 마주하여 찢긴 기억의 일부분을 돌려받을 때 나타나는 특별한 현상.

명계에서는 이를 잔존 사념의 각성이라고 칭한다.

[저, 저기야!]

화원에서 흘러나온 빛무리가 바몬트에게 닿자 난데없는 각성 현상이 발생했다.

[저곳에 내 보물이 있어!]

바몬트가 비명처럼 내지르며 가리킨 곳.

성역의 수호자들이 지키는 화원의 구석에서 영력을 보는 자만이 알 수 있는 희미한 빛이 흘러나오고 있었다.

* * *

[빨리 가야 해! 어서!]

바몬트가 흥분해서 날뛰기 시작했다.

보물에 섞여 흘러나오는 기억의 편린이 그를 자극하는 듯했다.

"진정해. 지금 가면 다 같이 사이좋게 죽어."

전면전을 각오하고 길드를 투입시키지 않는 한, 저 수

많은 경계에 들키지 않고 성역에 침투하기란 불가능해 보였다.

[이대로 보고만 있을 거야?]

바몬트가 답답함에 소리칠 무렵, 좋은 생각이 하나 떠올랐다.

"마도사를 삼키는 마법사 말이야. 흥분하면 앞뒤 안 가리고 싸우는 타입인가?"

"난 한 번도 그가 싸운 모습을 본 적 없어. 내가 보려 할 땐, 이미 끝나 있었거든. 하지만 조심하는 게 좋아. 마법사는 한 번 적을 물어뜯어야 직성이 풀리는 종족이거든."

"그런데 용케 내게 소개할 생각을 다 했군."

"설마, 처남을 죽이기야 하겠니."

싱그럽게 웃은 율리아나가 페르노크를 탑으로 이끌었다.

탑지기 한 명만 그 자리를 지키고 있었다.

"어서 오십시오, 왕녀님. 오늘은 못 보는 분을 데려오셨군요."

"전하께 허락받았어요. 얀은?"

"위에서 기다리고 계십니다."

"발작은 심한가요?"

"아니오. 왕녀님께서 오신다고 하자 침묵하고 계십니다."

"고마워요, 융."

융이 문을 열자 쾌쾌한 냄새가 콧속에 파고들었다.

율리아나는 나선의 계단 앞에서 마법, 부유를 사용했다.

페르노크와 자신의 몸을 띄워 나선의 계단을 손쉽게 올랐다.

구름이 손에 잡힐 것처럼 가깝게 느껴질 때, 육중한 철문이 눈앞에 드리웠다.

"야, 들어갈게."

그 목소리가 끝나기도 전에 문이 열렸다.

놀랍게도 칙칙한 탑과 달리 방 안은 싱그러운 꽃들이 가득했다.

그 한복판에 태양처럼 강렬한 빛이 발광하고 있었다.

페르노크가 짧게 감탄사를 흘렸다.

회색빛 머리칼을 길게 늘어뜨린 장신의 남성은 리오와 버금가거나 그 이상의 재능을 가지고 있었다.

페르노크가 멀리서 느낀, 묘한 마력의 주인은 이 남자였다.

성역을 지키는 실력자들보다 레벨이 뒤떨어지는데도, 왜 이자의 마력은 유독 돌출되는 걸까.

은색 가면을 쓰고 있어서 표정을 읽어 내진 못했지만, 그자 역시 페르노크의 심상치 않은 기세를 주시하고 있었다.

"기다려 준 거야? 벌써 일어나 있었네?"

율리아나가 부드럽게 묻자 사내가 페르노크를 쳐다보며 답했다.

"위험한 사람을 데려왔어."

"내가 말한 동생이야. S급 길드장, 페르노크. S1의 마도사지."

"마도사……."

율리아나의 약혼자이자 이 나라의 다음 왕위 계승자.

그리고 마도사를 삼키는 마법사인 그가 강렬한 안광을 번뜩였다.

"……확실한 너의 편이야?"

"우리의 진지 구축 계획을 도와주기로 약속했어. 반스와 포르라를 처리할 때까진 함께 갈 거야. 아참, 페르노크. 이쪽은 얀이야. 얀 울 타이르, 내 약혼자……."

"위명이 자자한 마법사가 의외로 젊군요."

페르노크가 웃으며 말하자 얀이 치솟는 기세를 가라앉혔다.

"한시적 동맹. 어긴다면 너부터 물어뜯을 거야."

"얀!"

율리아나가 화들짝 놀라며 얀에게 다가갔다.

눈치를 주지만 얀은 아랑곳하지 않고 페르노크를 계속 경계했다.

'이놈…….'

감이 좋은 정도가 아니다.

단지, 마력만으로 S1의 마도사급인 페르노크의 깊은 곳까지 꿰뚫어 보려 하고 있었다.

'성황국의 대신관 만큼이나 묘한 것을 타고났군.'

흔히 말하는 육감과 더불어 초월적인 무언가를 하나 더 가지고 있다.

'고작 5레벨 수준일 리가 없지.'

성역에 침투할 방법을 고민했는데, 딱 알맞은 대상이 눈앞에 있었다.

찜찜한 것은 뒤에 두지 않는 편이다.

마도사를 사냥한 그 솜씨를 조금 확인해 보고 싶었다.

"나야말로, 계약을 어그러트리면 타이르부터 칠 거야."

"페르노크!"

마주 보는 두 사람 사이에서 율리아나 혼자만 안절부절 못했다.

"인사도 나눈 것 같으니 이만 전하를 뵈러 가지. 군량 미와 군수품 문제를 마무리 지어야 하잖아."

"그, 그래. 그게 낫겠어. 얀! 다시 올게!"

"응."

무뚝뚝하게 대답한 얀이 탑 밖으로 시선을 돌렸다.

흡사 어둠을 감시하는 등대처럼 그 시선은 왕궁 전체를 살피고 있었다.

방을 빠져나온 율리아나가 식은땀을 훔치며 말했다.

"후우, 네가 이해해. 얀은 돌려 말하는 법을 몰라. 어려서부터 위에 전하 말곤 두지 않았거든."

"공작이나 후작도 안중에 없는 건가?"

"두 사람이 오히려 얀의 눈치를 살피지."

"그렇게 보이긴 했어. 만약, 반슈타인이 왕성에 들어왔
다면 바로 뛰어들었겠지."

강자는 절대 약자의 눈치를 보지 않는다. 하지만 자신
의 사람은 부둥켜안으려고 한다.

얀은 적아를 확실히 구분 짓는 사람으로 보였다.

"얀이 화가 나면 무섭긴 해도, 무모한 짓을 하진 않아.
오늘은 낯선 사람을 경계했을 뿐이야. 네가 이해해."

"이해하고말고."

저런 성격이 다루기 쉬우니까. 라는 말을 삼키며 페르
노크가 피식 웃었다.

"어서 계약을 마무리하러 가지."

\* \* \*

모두가 잠든 밤.

얀은 우두커니 서서 페르노크의 모습을 떠올린다.

'뭔가를 숨기고 있었어.'

이제껏 많은 마도사들을 죽였지만, 페르노크 같은 타입
은 없었다.

그는 한마디로 정의하기 힘든 묘한 것들을 몸에 지니고

있었다.

그 다채로운 기운들을 감춘 채 마력을 표면적으로 내세 웠을 뿐이다.

'음흉하고 위험해. 율리아나가 곁에 둬선 안 될 놈인 데…….'

이미 왕성에서 국왕까지 은밀하게 만나 모든 계약을 체결하고 있다.

얀이 답답함을 억누르려 창가의 바람을 맞으려 할 때였다.

후우웅.

서늘한 무언가가 창가를 타고 얀의 눈앞에 찾아왔다.

그리고 마력이 느껴진다 싶은 순간, 얀 앞에서 바람이 폭발했다.

쾅!

얀이 손등을 털어 가볍게 막아 내자 심장이 거칠게 뛰었다.

갑자기 불안감이 엄습하고 적의가 타오른다.

'그놈이다.'

자신을 긴장케 한 페르노크의 마력.

방금 그 바람에는 그의 마력이 실려 있었다.

'율리아나!'

얀은 페르노크와 함께 걸어가는 율리아나를 포착했다.

성역 근처를 산책이라도 하듯이 돌아다니는 모습을 본 순간.

쾅!

얀이 탑을 박차고 그곳에 쏘아졌다.

* * *

율리아나가 흉흉한 마력을 느꼈다.

"얀……."

페르노크가 미소 지은 순간, 하늘에서 얀이 떨어져 내렸다.

"얀!"

적의로 무장한 모습에선 맹수의 흉포함만 전해져 왔다.

"너 갑자기 왜……."

"물러서!"

얀이 다짜고짜 페르노크에게 달려들었다.

'한번 눈이 돌면 주위가 안 보이는 타입인가? 도발한 보람이 있군.'

쾅!

페르노크가 마력강체술을 끌어 올려 양팔을 교차시켰다.

얀이 가드를 두들기자, 페르노크는 그대로 붕 떠서 성역 안까지 날아갔다.

우우우우웅!

사방에서 마력이 치솟았다.

"왕자님!"

푸른 흙이 넓게 펼쳐진 곳에 수호자들이 당혹스러운 표정으로 서 있었다.

페르노크가 웃으며 다리에 힘을 풀고 얀의 공격을 맞아 줬다.

눈 깜빡할 사이 그는 허공을 날아 푸른 흙에 착지했다.

누가 봐도 얀 때문에 억지로 떠밀린 모습.

수호자들의 당혹스런 시선이 페르노크가 아닌 얀에게 꽂힌 것만 봐도 책임의 소지를 떠넘기기에 충분하다.

"진정하십시오! 이곳은 성역입니다!"

"비켜!"

어지간히 감이 좋은 놈이다.

사소한 도발 정도는 넘길 법도 하건만, 페르노크의 위험을 눈치 채고 싹을 자르려 한다.

수하였다면 마땅히 머리를 쓰다듬어 칭찬했을 행동이지만, 훗날 상대해야 할 입장에선 까다로운 타입이다.

[저 구석!]

바몬트가 품에서 불쑥 튀어나와 푸른 흙의 한 지점을 정확히 가리켰다.

페르노크가 물러서며 그곳에 손바닥을 얹었다.

마력을 흘려보낸 뒤에 바로 몸을 일으키니, 얀의 주먹이 코앞까지 다가왔다.

'놀랍군.'

어느새 얀의 마력이 7레벨 수준까지 치솟았다.

아니, 눈 깜빡할 사이 마력이 비정상적인 속도로 폭등한다.

'이건 마법이 아니다.'

마력이 상승할수록 영혼의 색채도 뚜렷해진다.

이 두 가지가 동시에 나타나는 현상.

'타고난 체질이다.'

문득, 루인의 가르침이 떠올랐다.


[세상엔 간혹 마법보다 더한 이형의 체질을 타고난 자들이 나타납니다. 왕자님처럼 영혼의 세계를 구경했다거나, 사물을 본 것만으로 구조를 꿰뚫어 보는 등 다양하죠. 그런 자들은 특이형의 마법보다 더 특별한 축복을 받은 자라고 표현합니다. 바로 왕자님처럼 말이죠.]


마법이 재능이라면 체질은 축복이다.

그렇다면 이 둘 모두를 가진 자는 대체 뭐라 불러야 할까.

"멈추라고! 걔는 내 동생이야!"

율리아나가 애타게 부르짖지만 연이은 충돌이 모든 소리를 삼켜 버렸다.

'이 체질은 천명으로 흡수할 수 없겠군.'

얀의 마법도 굉장히 단순했다.

마력을 있는 그대로 방출하여 형태를 다듬어 쏘아 보내는 것.

순수한 에너지를 다룬다는 점에서 오버 임팩트를 연상케 했다.

하지만 이 단순한 마법이 얀의 압도적인 체질과 맞물렸을 때의 파괴력은 페르노크의 계산을 계속해서 웃돌았다.

관찰안으로 한 템포 빠르게 움직임을 예측했지만, 치솟는 마력이 그 배에 해당하는 속도로 몰아붙인다.

어느새 그의 마력은 페르노크를 넘어섰다.

일반적인 마도사와 다르다.

공간을 지배하려 하지 않는다.

오직, 폭등한 마력을 고농도로 압축시켜, 마치 성난 맹수가 날뛰듯 눈앞의 장애물을 때려 부수는 것에만 집중한다.

'이래서 마도사들이 맥을 못췄었군.'

S1의 마도사로는 얀을 절대 감당하지 못한다.

타고난 체질에 폭등하는 마력을 잠재우려면 그에 상극이 되는 마도술이 필요하다.

이를테면 루인의 특이계 마도술 침묵의 상실처럼 정신 쪽에 관여하는 편이 제일 상대하기 좋았다.

'어느 정도까지 몸이 버티나 확인해 보고 싶지만……'

이미 성과는 이뤘다.

성역에 들어왔고, 마도사를 삼키는 마법사의 실체를 확인했다.

왕궁에서 귀한 존재가 찾아오는 이상 페르노크도 손을 과하게 쓰기 어려웠다.

"멈추거라!"

얀과 페르노크의 주먹이 맞부딪쳐 서로 밀려나갈 때.

한순간의 정적을 뚫고 노한 소리가 울려 퍼졌다.

"저, 전하!"

율리아나가 붉은 망토를 걸친 중년 사내에게 한쪽 무릎을 꿇었다.

수호자들도 함께 예를 올렸다.

타이르 왕국의 군사력을 한층 끌어올렸다는 군왕.

수이라 울 타이르.

그가 성역으로 거침없이 걸어 들어왔다.

그리고 돌아가는 상황을 살피더니 얀을 사납게 노려보았다.

"내 분명 탑에서 자숙하라 일렀을 텐데, 어찌하여 신성한 곳에서 감히 주먹질을 하느냐!"

얀이 가면 속에서 안광을 번뜩이며 소리쳤다.

"저자가 제게 암수를 가했습니다."

"암수?"

수이라가 돌아보자 율리아나는 고개를 저었다.

"페르노크는 저와 함께 있었습니다!"

"아니야, 난 분명 바람의 마법을 느꼈다고!"

순간, 일대에 싸늘한 정적이 흘렀다.

율리아나가 의아한 표정으로 말했다.

"그게 무슨 소리야. 페르노크는 강화계 마법사야. 자연계는 다룰 줄 모른다고."

수호자들도 분명 방금 전투에서 강화계로 임하는 페르노크의 모습을 지켜봤던지라, 수이라의 눈초리에 다들 고개를 끄덕였다.

"음…… 뭔가 오해가 있었나 보군요. 제 마법은 분명 강화계입니다. 하지만 마도술로 승화된 이후 단순한 육체에서 벗어나 이렇듯 중거리까지 타격할 수 있게 되었죠. 한데."

페르노크가 얀을 싸늘하게 노려보았다.

"그 높은 탑에 암수를 가했다? 지금 그따위 말장난으로 저를 죽이려 했단 말입니까!"

"네놈의 마력을 분명 느꼈어!"

"저는 선의로 거래를 받아들였는데, 아무래도 환대받지 못하는 듯하니 이만 인루미나로 돌아가야 할 것 같습니다, 전하."

"어디서 발뺌……!"

쫘악!

수이라가 얀의 깨진 가면 사이로 따귀를 날렸다.

얀이 놀란 눈을 드러내자, 수이라가 노하여 외쳤다.

"자숙하거라."

페르노크가 흡수한 마법을 제 것처럼 사용한다는 사실

을 모르는 수이라로서는 얀의 우발적인 행동이라고 판결할 수밖에 없었다.

"얀이 간혹 감정을 주체하지 못할 때가 있소. 페르노크 왕자의 오해가 풀렸으면 하오."

"……전하께서 그리 말씀하신다면 제가 이해해야지요."

성역에 발을 디뎠음에도 페르노크는 책망받지 않았다.

모두가 얀 때문에 억지로 말려든 '불가피한 상황'이라고 판단했기 때문이다.

"공연히 성스러운 곳에 발을 디뎌 죄송할 따름입니다."

"괜찮소. 오히려 이해해 주어 고맙소."

"아닙니다, 전하."

"밤이 깊었으니 오늘은 푹 쉬도록 하시오. 내일 다시 진지와 관련해서 얘기합시다."

"예, 전하."

페르노크가 목례하고 유유히 얀을 지나쳤다.

율리아나가 따라붙으려 하자 감정이 수습되지 않았다고 말하며 혼자 방으로 걸어갔다.

[음흉한 녀석.]

지금까지의 행동을 모두 지켜본 바몬트가 품에서 튀어나와 웃었다.

"방법이 이것뿐이잖나."

왕족들도 발을 디디기 어려운 성역.

그곳에 침투할 방법이 없다면 기회를 만들어야 한다.

페르노크는 얀에게 마법을 쏘아 보냈다.

그건 눈에 보이는 자연계 '바람' 마법과 그 안에 숨겨둔 '감정'을 자극하는 특이계 두 가지 마법이 섞여 있었다.

얀 본인조차 느끼지 못할 만큼 특이계 마법은 자연스럽게 녹아들어 그의 정신을 두드렸다.

위험하다.

막아야 한다.

불안감이라는 불씨는 율리아나와 일부러 함께 걸었을 때, 산불처럼 번지고 말았다.

얀이 페르노크를 경계하지 않았다면 이 마법들은 사소한 장난으로 마무리되었을 것이다.

하지만 처음부터 페르노크를 주시했던 얀은 불안함을 자극받아 아주 쉽게 페르노크를 성역으로 밀어 넣었다.

수이라조차 책임을 묻지 못할 만큼 누가 봐도 휘말린 모습이다.

덕분에 페르노크는 두 가지 목적을 달성했다.

하나는 마도사를 잡아먹는 마법사의 실체를 파헤치는 것.

다른 하나는 성역 속에 감춰진 보물을 찾으로 파고드는 것.


[표적 이동 Lv.3]

최대 500미터 거리의 마킹한 대상에게 이동한다.

마킹은 3일까지 남으며, 최대 2회 이동 가능하다.

바몬트가 정확히 가리킨 지점을 마킹해 뒀다.

수호자들이 마력을 파악하고 경계하는 시간은 단 1초.

마법의 발동과 동시에 지면을 파고든다면 얼마든지 들키지 않고 바몬트가 남겨 둔 유산에 접근할 수 있다.

[역시, 네가 왕이 되야 해.]

"이곳의 유산이 별 볼 일 없다면 너도 각오해야 할 거야."

[엣헴! 나를 뭘로 보고!]

피식 웃은 페르노크가 방에서 소란이 가라앉기를 기다렸다.

그리고 얀이 탑으로 돌아가며 성역의 경계가 살짝 흐트러졌을 때, 마법을 발동시켰다.

순식간에 푸른 흙더미 위에 섰고, 바몬트에 자극받은 원형의 빛이 터져 나왔다.

페르노크가 망설임 없이 뛰어들자 물에 잠긴 것처럼 몸이 빨려 들어갔다.

"......?"

몇 초 차이로 도착한 수호자가 주위를 둘러보곤 고개를 갸웃했다.

"무슨 일이야?"

"마력이 느껴져서."

다시 둘러보지만 푸른 흙은 그대로였다.

"얀 왕자님 때문에 예민해진 것 같군."

수호자가 고개를 저으며 다시 자기 자리로 돌아갔다.

* * *

부드럽게 빨려 들어온 지하는 한 치 앞도 보이지 않았다.

[아! 여기였어!]

바몬트가 갑자기 튀어나오더니, 어딘가를 가리켰다.

페르노크가 손으로 더듬어 만지자 돌들이 맞물리는 소리가 울려 퍼지고 삽시간에 주위가 환해졌다.

그리고 적색 벽돌로 길게 이어진 오래된 통로가 나타났다.

[히히, 역시 그대로야!]

곳곳에 벽화가 새겨져 있었다.

왕관을 쓴 채 말을 탄 자가 뿔이 솟아난 괴물들을 무찌르는 장면이었다.

중간에 끊긴 부분도 있었지만, 분명히 이것은 바몬트를 상징하는 오랜 역사가 틀림없다.

[여기는 숭고한 정복자의 길이라고!]

이곳에 들어온 순간부터 몰트에게 희끄무레한 빛이 모여들었다.

벽화에 간직된 역사가 사념에 기억을 덧씌우는 듯했다.

자기와 관련된 곳에 들어서면 찢긴 기억이 조금씩 달라붙어 복구하는 사념의 특징이다.

[자, 가자!]

바몬트가 신나서 가리키는 길에 페르노크가 첫발을 내디뎠다.

그 순간, 페르노크는 쇳소리를 들었다.

"함정을 설치해 뒀나?"

[어…… 그랬나?]

사념은 아직 이곳의 기억을 모두 복구하지 못한 듯했다.

[그래도 나와 같은 피에는 발동하지 않아!]

근거 없는 말을 미심쩍게 여기며 페르노크는 통로를 걸었다.

곳곳에서 바람 소리가 들려왔지만, 함정은 튀어나오지 않았다.

대신, 바몬트의 우쭐거림이 더 심해졌다.

[난 어릴 때부터 남달랐어! 다섯 살 때, 왕실 기사단을 꺾고 전하에게 인정받을 정도였으니까!]

"헛소리도 그 정도면 병이야."

[진짜라니까! 나만 보면 다들 무서워서 오줌을 질질 흘렸다고!]

페르노크는 어처구니없는 말에 고개를 절레 저었다.

하지만 불가능을 입에 거론하지 않았다.

바몬트의 찢긴 기억의 일부가 복구되는 과정이다.

괜히 핀잔을 주거나 몰아쳐서 시무룩하게 만든다면 이 행운은 순식간에 사라질지도 몰랐다.

초대 왕과 관련된 무언가를 얻을지도 모른다는 생각에 페르노크는 적당히 호응해 줬다.

"다섯 살 때부터 두각을 나타냈는데도 죽지 않고 왕이 되었다고?"

[특출난 재능을 시기하는 옹졸한 놈들은 내가 죽였어! 나는 짓밟고 베어 내고 목을 쳐 내며 유일한 왕족이 되었지! 그게 왕이야! 모든 불합리를 압도적인 힘으로 굴복시킬 수 있어야 해!]

페르노크가 벽화를 쭉 훑었다.

바몬트의 어린 시절부터, 그가 왕관을 쓰고 검을 빼 들며 용감하게 적들을 물리치는 일련의 장면이 적나라하게 그려져 있었다.

"어지간히 떠들기 좋아하는 성격이었나 보군."

[엣헴. 자고로 영웅의 위용과 업적은 후세에 널리 전해야 하는 법! 너도 명심해! 자랑할 거리는 꼭 부풀려서 전시하고, 수하의 것이라도 남김없이 기록해. 내가 정복한 것들을 서운하지 않게 해 줘야 진짜 정복이라고 할 수 있어. 해안을 정복할 때 반드시 유념해!]

바몬트의 종알거림이 심해질 무렵 통로의 끝이 보였다.

페르노크가 달빛처럼 은은하게 반짝이는 그곳에 들어섰다.

벽화 하나 없이 밋밋한 원형의 작은 공간이었다.

중심에 제단처럼 우뚝 솟은 돌이 있었다.

돌은 안쪽으로 깊게 파여 있었는데, 청량한 기운이 물 씬 풍기는 특별한 물을 담고 있었다.

"이게 뭐지?"

혹시나 싶어 묻자, 빛이 좀 더 환해진 바몬트가 바로 답했다.

[성수야!]

"성수?"

[히히, 이 안에 담긴 보물은 성령석이라는 특별한 조각으로 만들어졌거든! 성수 없이 방치되었다간 그대로 부서졌을지도 몰라!]

"성령석이라면…… 분명, 성황국에서도 귀히 다루는 광석 아닌가?"

[그랬나?]

되묻는 말에 페르노크가 고개를 저으며 돌 앞으로 다가 갔다.

"대체, 뭐가 들어 있다는 건지……."

분명 특별한 물이었고 투명하기까지 했다.

그 속내를 훤히 들여다봤지만, 밑바닥만 보일 뿐이다.

[히히, 이건 왕족들만 열 수 있어! 자! 어서 네 피를 이 안에 흘려 넣어!]

페르노크가 엄지를 살짝 깨물어 낸 피를 그대로 물에 떨어뜨렸다.

몇 방울 떨어지기 무섭게 투명한 액체가 순식간에 새빨

갛게 물들었다.

"……?"

눈 깜빡할 사이였다.

핏빛 물이 모조리 돌에 빨려 들어갔다.

그리고 돌이 피라도 흘린 것처럼 새빨개진 순간, 말라
버린 돌 한복판에 팔뚝만 한 구멍이 열렸다.

"이건……."

바몬트가 감춰 놓은 유산이 정복과 관련된 물건이라고
예상했었다.

하지만 돌 속에서 솟구친 물건이 페르노크의 말문마저
막아 버렸다.

[맞아! 이거였어!]

도장의 형태를 보자마자 바몬트의 몸에서 찬란한 빛이
터져 나왔다.

[삼촌이 내게 물려준 옥새야!]

옥새에 담긴 오랜 세월이 바몬트의 몸으로 흘러 들어간
순간, 그와 연결된 페르노크의 영력으로 낯선 기억이 함
께 스며들어 왔다.

\* \* \*

바몬트는 일루미나의 영토를 확장시키는 데 평생을 바
쳤다.

결국, 지병이 도져 더 이상 말에 오르지도 못하게 되
자, 바몬트는 다음 왕위를 떠올리게 되었다.
  초대 왕이 그랬듯이 가장 훌륭한 왕의 자질을 갖춘 아
이에게 왕위를 물려주려 했다.
  그리고 최악의 선택지가 당첨되었다.
  그의 넷째 아들이었다.


  [어째서 제게 옥새를 넘겨주지 않으십니까.]


  왕의 자질을 알아보고자 몇 가지 시험을 내렸다.
  넷째는 자기 형제들을 모조리 도륙하고 최후의 한 사람
이 되었다.
  유약한 자는 왕이 될 수 없으나, 친형제를 잔인하게 죽
이는 걸 원하진 않았다.
  넷째에겐 정복과는 다른 불길함이 깃들어 있었다.


  [이젠 저 말고 없지 않습니까.]


  막았어야 했지만, 바몬트의 병은 걷잡을 수 없이 악화
되어 손을 들어 올리는 것조차 불가능했다.


  [경합은 치르되…… 각자 능력이 있으니…… 서로 함께
꾸려 나가라…… 그리…… 했을 터인데…….]

[하하하하하! 아버지. 전하! 정복왕이시어! 어찌하여 제가 가지지 못한 것을 가진 형제들을 살려 둬야 한단 말입니까?]

아들은 지독하리만치 서늘한 미소를 짓고 있었다.

[제 자리를 탐할지도 모르는 적수 아닙니까. 적은 죽이라고 아버지께서 누누이 알려 주시지 않으셨습니까.]

나라를 위해 모든 것을 바친 바몬트의 유일한 실패였다.
아들은 정복이 아닌 간계를 택했다.

[무엇 하러 바다로 나아가려 하십니까. 이미 이곳에 가진 것이 넘치는데, 어찌하여 계속 정복을 고집하시는 겁니까. 세상은 바뀌었습니다. 우리도 그에 순응해야지요.]

그때의 아들은 이미 다른 나라와 몰래 손을 잡고 있었다.
영토를 내주는 대가로 형제들을 죽이고 그 자리에 올라섰으니, 바몬트는 절대 옥새를 내어 줄 수 없었다.
하여, 아들이 가장 싫어하는 장소에 옥새를 숨겼다.
그가 아닌 누구라도 좋았다.

일루미나를 여러 나라들의 틈바구니에서 빼낼.

바다마저 정복하겠다는 원대한 이상을 이어 줄 후손이 나타난다면 그자가 바로 진정한 왕이라 여겼다.

하지만.

[옥새는 예전에 본뜬 것이 있습니다. 아버지의 것과 똑같으니 이젠 집착하지 않겠습니다. 제가 만든 옥새가 대대손손 이어져, 이 나라의 진짜로 바뀔 테니까요.]

영악한 아들은 번거로움을 마다했다.

진짜의 본을 떠서 만든 가짜를 진정한 옥새라고 속이기 시작했던 것이다.

하지만 아무도 이를 모른다.

[아버지께서 그러셨듯이 역사는 살아남은 자의 것입니다.]

지워졌다.

옥새와 성령석에 관한 모든 것들이…….

그리고.

\* \* \*

옥새에 담겨 있던 바몬트의 미련 많은 기억이 끊겼다.

[어……?]

바몬트의 눈에서 동그란 빛이 흘러내렸다.

[……이게 뭐야?]

잊고 싶은 기억을 영력에 담아 저도 모르게 떨쳐 내려는 일종의 영혼이 흘리는 눈물이었다.

[수리아…… 수리아…… 내 아들…….]

바몬트가 눈물을 흘리며 고개를 갸웃했다.

[……그런데 왜 내 옥새를 찾지 않은 걸까?]

살짝만 건드려도 부서져 버릴 것 같아서, 페르노크는 잠시 바몬트의 눈물이 멈출 때까지 기다렸다.

'수리아 알 일루미나, 초대 왕의 무덤을 찾아 바몬트에게 직접 왕위를 이어받은 3대 국왕.'

영토의 확장을 버리고 왕권 강화에 힘쓰며 라키스가 왕국이었던 시절부터 함께했다고 알려져 있다.

"경합의 승자…….."

[아니야!]

별안간 바몬트가 발악하듯 소리쳤다.

[그건 경합이 아니야. 형제들을 죽이려는 치졸한 계략이었어! 삼촌의 무덤을 찾으라는 건 그런 뜻이 아니라고!]

"뭐?"

의아한 소리에 고개를 갸웃한 찰나, 옥새의 남아 있는 사념이 모두 바몬트에게 스며들었다.

[삼촌의 무덤을 찾는 자가 왕이 되어야 한다는 계승법은 수리아가 만든 거야!]

"……!?"

[본디 왕이란 전대 국왕에게 인정받아 옥새를 물려받아야 해. 삼촌이 내게 왕위를 물려줬듯이 나도 왕위 후보자에게 똑같이 계승했어야 했어. 하지만 수리아는 왕족을 모두 죽이고 자신이 최후의 한 사람이 된 거야.]

바몬트에겐 선택의 여지가 없었다.

그러나 선택할 기회조차 주어지지 않았다.

[수리아는 영악한 아이였어. 내가 병석에 누운 틈을 타서 형제들을 모조리 죽였지. 그리고 내가 옥새를 주지 않자, 예상했다는 듯이 가짜 옥새를 가지고 왔어. 내가 출정할 때마다 몰래 왕궁 보물고에 숨어들어서 진짜를 본떠 뜨고 있었던 거야.]

"그럼 지금 필레나가 가진 옥새는……."

[가짜야. 수리아가 만들어서 이어 낸 모든 것들이 전부! 삼촌의 무덤을 찾는 자가 왕이 된다는 말마저 모두 수리아가 지어 낸 가짜에 불과해!]

그때, 페르노크는 4대 왕의 단서에 집착했던 다른 왕위 후보자들을 떠올렸다.

수리아가 왕이 된 이후 만든 계승법의 첫 수혜자가 바로 그의 아들인 4대 왕이었다.

4대 왕에게 단서가 많은 건 당연한 결과일지도 모른다.

그리고 바몬트는 정식으로 옥새와 왕위를 이어받았으니, 당연히 무덤으로 향하는 단서를 남기지 않았다.

그것은 왕이 되는 올바른 방식이 아니었으니까.

하여, 바몬트는 그 무덤에 담긴 위험만 저울에 담아 후세에 전한 것이다.

다른 왕족들이 2대 왕의 단서를 기피할 수밖에 없는 이유였으나, 그들은 이 어처구니없는 상황을 결코 모른다.

죽은 자는 말이 없다.

승자가 곧 역사다.

이제 보니 이 말을 정말 충실히 지킨 나라가 일루미나였다.

[무덤은 왕이 된 이후에 찾아가는 거야. 가서, 선대가 무엇을 봉인했고, 어떤 것을 경계했는지 후손이 그 전통을 이어받아야 했지. 그 증거로 왕관에 빛이 나오는 거였어. 그런데…… 왜…… 어째서……?]

바몬트의 눈물이 끊겼다.

[무덤을 찾아야만 왕이 되는 거라고, 수리아는 존재하지도 않는 말을 멋대로 지어낸 걸까?]

하지만 그의 표정은 일그러져 있었다.

[왜 삼촌하고 내 뜻을 다 거부하는 거야?]

사념이 괴로움에 몸부림친다.

[옥새는 여기 있는데, 어째서?]

그 이상은 기억하지 못하는지 바몬트가 고개를 갸웃했다.

[페르노크, 나 모르겠어. 내가 뭘 잘못한 걸까?]

바몬트가 옥새 위에 서서 페르노크를 쳐다보았다.

[왜 아들이 나를 미워해?]

그 순간, 페르노크는 꿈에서도 잊지 못할 오래된 과거
가 떠올랐다.

[너에게 이런 나라를 맡겨야 하는 아비를 용서해다오.]

눈물로서 사죄하는 아버지 전하의 모습.

차라리 바몬트가 아비였다면 다시 하계에 현현하는 일
은 없었을 텐데…….

"네가 잘못했어."

……눈물로 지새운 밤을 몇 번이고 후회해도 소용없
다.

고민하고 망설여도 지나간 일은 돌아오지 않는다.

"더 엄하게 다스렸어야지! 거짓말을 일삼는 놈의 목을
단호히 쳤어야지! 설령, 그것이 네 아들이라도! 네……!"

가족이라도.

치솟는 말을 삼키며 페르노크가 흩어지려는 사념을 붙
잡아 눈앞에 들어 올렸다.

"망설임은 독이 되어 나라를 파멸로 이끈다! 지금 일루
미나는 그 수순에 들어섰다! 그러니 고개를 들어! 지난날
에 후회하지 마!"

바몬트의 흔들리는 눈동자에 페르노크는 단호히 외쳤다.

"과오를 바로잡을 기회가 생겼다면 악착같이 물고 늘어져!"

그들에겐 지금.

"다시 과거와 마주할 기회가 주어졌잖아!"

역사는 살아남은 자의 것이나.

잘못된 역사는 망자가 바로잡을 것이니.

"지금 이 자리에 산 자와 죽은 자가 함께 있다."

무엇이 두렵고, 무엇을 후회하는가.

"지금 여기에 우리가 살아 있다!"

가짜는 몰아내고 진짜가 이 자리에 서리라.

"우리가 승자다, 바몬트!"

바몬트의 사념이 다시 모여들어 형태를 유지시켜 나갔다.

"과거가 잘못되었다고? 그럼 계속 떠올려! 인루미나에 드리운 사소한 것 하나까지! 가짜를 다 부수고 진짜를 얻기 위해 괴로움마저도 받아들여라! 그것이 네가 저지른 과오를 바로잡을 유일한 길이니까."

[내…… 과오…….]

"왕위를 제대로 된 놈에게 물려주지 못한 네가 할 수 있는 유일한 속죄다."

[……하지만 이미 오랜 세월이 흘러서 가짜가 진짜로

둔갑한 이 역사를 어떻게 되돌려 놓지?]

바몬트는 더 이상 떨지 않았다.

처음 만났을 때처럼 나라를 위해 목숨 바친 왕의 눈빛을 드러내고 있었다.

"성령석으로 만들어진 옥새라면 그 전승을 증명해야지."

[수리아가 모조리 지웠을 거야.]

"기록은 일루미나에만 있는 게 아니야."

성령석은 성황국에서도 귀하게 다루는 광석.

그것을 초대가 넘겨받아 옥새로 만들었다면 필시 성황국에도 기록이 남아 있을 것이다.

[하지만 성황국은······.]

바몬트가 눈치를 살피며 조심스럽게 말을 이었다.

[······내가 개 패듯이 만져 줬는데······.]

"세월이 흘러 잊힌 건 옥새만은 아니지. 일루미나와 성황국의 관계도 나를 중심으로 바뀔 거야."

성황국엔 받아야 할 빚이 있다.

'가짜와 진짜의 차이는 성령석으로 만들어진 여부뿐이다. 즉, 인장의 효력은 똑같다는 뜻이지.'

이 옥새는 나라를 뒤흔들 수 있다.

'1년. 그 정도면 충분히 왕족들을 흔들어 버릴 수 있다고 여겼는데, 이게 있다면 굳이 시간 끌 필요도 없지.'

반스와 율리아나, 포르라의 목을 칠 최단 루트가 머릿

속에 그려졌다.

페르노크가 옥새를 거머쥐고 씨익 웃었다.

* * *

바몬트가 페르노크를 살피며 물었다.

[그걸로 뭘 할 생각이야?]

"네가 괘씸하게 여기는 놈들을 어떻게 갈가리 찢어 버릴지."

[하지만 지금은 가짜가 진짜인걸?]

"진품과 가품의 차이가 없으니 오히려 이용하기 좋지. 이 옥새가 탄로 날 때쯤이면 아마 일루미나의 많은 것들이 정리되어 있을 거야."

[너도 수리아처럼 형제들을 죽일 거야?]

"이미 수리아 왕이 많은 것을 바꿔 놨지. 무덤을 찾는 동안 형제들이 경합해서 최후의 한 명이 살아남도록 만들어 버린 거야. 그리고 난 이 룰이 마음에 들어.]

[넌 여전히 삼촌의 무덤엔 관심이 없구나.]

"끝나고 받아 갈 전리품에는 관심이 있어."

바몬트가 우울한 표정을 떨치고 일어났다.

[그래! 네 마음대로 해! 모두가 무시한 내 유산을 가져간 사람이 너니까!]

"아주 큰 선물을 받은 김에 나도 답례를 하자면 네가

바라는 해안가를 정복했을 때, 그곳의 이름을 바몬트로 지을게."

[정말!?]

"그러니 생각나는 게 있으면 앞으로 숨기지 말고 모두 꺼내. 네 염원에 빠르게 다가갈 수 있는 길이 될 테니까."

[알았어! 나만 믿으라고!]

가슴을 두드리며 자신 있게 외치는 바몬트를 미소로 응시한 페르노크가 손가락을 튕겼다.

마법이 발동되어 다시 원래의 위치로 돌아온 페르노크가 처소에서 하녀를 불렀다.

"가서 종이 2장만 가지고 오게."

"예."

하녀가 급히 복도를 달려 나가 양질의 종이 2장을 들고 왔다.

"아, 그리고 율리아나 왕녀에게 내일 내가 보자고 전해."

"알겠습니다."

하녀가 고개를 꾸벅 숙이곤 율리아나의 침실로 향했다.

방에 들어온 페르노크가 탁자에 무언가를 열심히 적어 나갔다.

[그게 뭐야?]

"이중 계약서."

[그걸 왜 써?]

"율리아나는 가짜 옥새를 어릴 때부터 많이 봐 왔거든. 확인해 봐야지. 진짜 통할지 아닐지."

페르노크가 옥새를 이중 계약서에 찍었다.

* * *

다음 날, 정원에서 페르노크와 율리아나가 마주했다.

율리아나는 얀의 일 때문인지 페르노크의 눈치를 살폈다.

페르노크는 분노를 억누르는 척, 한숨을 내쉬며 탁자만 두들겼다.

그리고 잠시 후, 싸늘하게 말했다.

"그 왕자…… 얀이라고 했지? 정말 우리 사람 맞아?"

"오해가 있었어! 얀이 더 이상 너에게 위협을 가하진 않을 거야."

"그 말을 어떻게 믿어?"

"맹세컨대, 난 너와 거래를 하러 왔지, 죽이려고 암살할 계획을 짠 게 아니야."

"그럼 얀은 왜 갑자기 나를 덮친 거야?"

"얀은…… 어려서부터 정신적으로 불안해서 광증이 도질 때가 있었어."

"그런 자를 왕으로 세우겠다고? 미쳤군."

"얀은 전장이 아닌 곳에선 누구보다 꽃과 동물을 사랑하는 선한 심성을 지니고 있어. 광증도 이젠 조절 가능해!"

"증명해 봐."

페르노크가 어제 작성한 이중 계약서를 율리아나 앞에 내려놓았다.

"이게 뭔데?"

"볼드만 백작이 왕실의 상단과 거래를 했다는 계약서."

"그런데?"

"한 가지가 더 있더라고. 뒤로 주요 품목을 빼돌린 정황이."

율리아나가 이중 계약서에 시선을 내렸다.

'내가 만든 가짜를 너는 어떻게 판단할까?'

어려서부터 가짜 왕의 직인을 보며 자라온 왕족.

그녀가 이것을 가짜라고 판단한다면 위조된 문서를 퍼트린 자가 있다고 뭉뚱그리면 된다.

하지만 그녀가 이것을 진짜로 판단한다면?

"이건······."

계약 내용은 중요치 않다. 이 직인의 진위 여부를 판단하는 방식이 중요하다.

"······어디서 얻었어?"

"반스의 백작들을 칠 때, 운 좋게 얻었지."

율리아나의 눈매가 싸늘해졌다.

"볼드만이 단단히 돌았네."

그 순간, 페르노크는 터져 나올 뻔한 웃음을 꾹 눌러

담았다.

성령석 여부로 진짜 왕의 인장을 구별받기 전까지 써먹을 만한 방법이 없나 싶어서 가벼운 마음으로 찔러 보았는데, 실험은 성공적이다.

진위 여부를 쉽게 판단하기 어려운 은밀한 거래들을 인장으로 조작하여 포르나 반스에게 뿌리면 어떻게 될까.

"이 계약서는 여왕께서 직접 보증을 서 주신 거야."

페르노크가 굳어져 가는 율리아나에게 은밀히 속삭였다.

"그리고 볼드만은 반스의 사람이지."

"……!"

"왕의 무덤 따윈 핑계고 사실은……."

"그만해! 어머니가 그럴 리 없어!"

"직접 확인해 보던지?"

떠봐도 율리아나는 입만 꾹 다물 뿐이다.

이걸 듣고 그대로 찾아가 봐야 여왕의 대답은 뻔하다.

내가 이런 적 없다. 누군가 나를 모함하려 벌인 일이다.

발뺌하는 모습을 보겠다고 여왕을 괜히 자극하진 않을 것이다.

"아무래도 내가 누이를 너무 고평가했던 것 같아. 명분까지 줬는데, 뒤에 숨어서 벌벌 떠는 자를 왕의 그릇이라고 평가했다니. 이곳까지 온 건 내 실수였나?"

율리아나가 고개를 들어 올렸다.

"나보고 뭘 어떻게 하라는 거야?"

"이 모든 우려를 불식시켜 봐."

"뭐?"

"증명해. 얀이 결코 라키스에 뒤떨어지지 않는다는 걸. 네 말에 절대복종한다는 걸."

"반스를 치라고?"

"그럼 반스와 싸우지 않고 무덤에 도달할 거라 생각했어?"

"……지금은 아니야."

"내가 재밌는 사실 하나 알려 줄까."

계약서 때문에 흔들리는 율리아나가 빠져들 수밖에 없는 거짓을 달콤하게 속삭였다.

"선단 습격에 라키스가 관여한 흔적이 있어."

"뭐!?"

율리아나가 자리를 박차고 일어났다.

놀란 그녀에게 페르노크는 덤덤히 말했다.

"선체 바닥에 부서진 흔적들이 많았지?"

"그래. 맞아."

"바다에서도 발포 가능한 라키스의 전술 병기 하나가 있지 않았나."

"천공을 말하는 거야?"

페르노크가 고개를 끄덕였다.

"천공의 주재료가 뭐지?"

"당연히 일루미나에서 생산되는 자광……."

율리아나의 얼굴이 딱딱해졌다.

자광은 국가에서 관리하고 있다.

각 상단들이 왕의 허락을 받아 일정한 양만 가져간다.

그녀가 다시 계약서를 들여다보았다.

자광이 거래된 내역이 적혀 있었다.

'진실 아홉에 거짓 하나.'

플레미르가 반스의 비자금 상단을 칠 때, 장부에 적힌 내용 중 '자광'이라는 특수한 광석을 꼭 찍어 알려 줬었다.

절대 없는 내용이 아니다.

이미 반스가 자른 꼬리를 페르노크가 거짓 계약서로 되살린 것이다.

하지만 율리아나가 조사해 봐야 건질 건 없다.

자광은 이미 다른 곳에 들어갔다.

그게 라키스인지 아닌지는 중요하지 않다.

자광을 누군가와 거래했다는 것.

그리고 그것이 선단을 습격한 범인과 관련되어 있다는 사실만 주의 깊게 생각할 뿐이다.

"왕위를 선택한 순간부터 늦든 빠르든 누군가는 죽게 되어 있어. 무덤? 경합? 말이야 좋지. 결국, 전대 왕처럼 형제자매를 치고 그 자리에 오르란 뜻이야. 사이좋게 살아남는 방법은 지금처럼 누이와 내가 서로 얘기를 맞추는 것뿐인데, 다른 녀석들이 과연 우리와 같은 생각일까?"

페르노크가 거짓 계약서를 율리아나 앞에 쓱 내밀었다.

"이미 여왕의 호의가 누구에게 향하는지 명확해졌어. 가져가 봐야 이미 없는 일이 되어 있겠지. 사실상 과거를 들추는 역할에 지나지 않아. 하지만 난 이것을 보자마자 3곳의 백작령을 쳤어. 그런데 넌? 이미 사라진 증거라며 가만히 무덤 조사나 하다가 뒤통수 맞고 죽을 거야?"

그리고 망설임 없이 자리에서 일어났다.

"당한 만큼 되갚아 줘. 그게 안 된다면 난 너와 손잡을 이유가 하나도 없어. 율리아나 알 일루미나."

페르노크가 등을 돌렸다.

탐스러운 먹잇감을 던졌고, 부스럭거리는 소리가 귓가에 들려온다.

율리아나의 초점이 반스와 라키스에게 맞춰졌다.

'크고 작은 충돌이 벌어지겠군.'

두 세력 모두 껄끄러운 세력을 숨기고 있다.

누가 싸워 이기든 상관없다.

가짜에 정신이 팔려 서로 간의 불신이 심화되는 순간, 일루미나는 찢어지게 된다.

그곳이 바로 페르노크를 위한 독무대가 될 것이다.

'생각지도 못한 보물 덕분에 반스와 율리아나의 대립 구도가 완성되었으니, 이제 남은 한 놈은 어쩐다.'

포르라를 떠올린 페르노크가 씨익 웃었다.

'역시, 국가보단 협회지. 일개 세력을 먼저 박살 내는 게 좋겠어.'

페르노크가 두 장의 서신을 작성했다.


[율리아나와 반스의 구도를 만들었다.

타이르가 진지 구축에 나서는 순간, 라키스도 관망하진 않겠지.

그리고 율리아나는 싸움을 피하지 않을 거야.

잠시 타이르에서 손을 뗀다.

그리고 우리는 반슈타인을 친다.

내가 성황국을 다녀오는 대로 자리를 마련해 두지.

전부 데려와.]


반스 다음으로 무덤을 찾으러 떠난 포르라.

탁월한 식견과 풍부한 자원을 가졌지만, 그는 전혀 판세를 읽지 못한다.

이미 모든 무력을 각자가 거머쥔 상태다.

마법사 협회의 지원이 끊기면 그 돈으로 무슨 짓을 한들 각 나라에 버금가는 세력을 만들어 내지 못한다.

핵심은 왕족이 아닌 그를 뒷받침하는 지지자들이다.

협회가 사라진 순간, 포르라의 명운도 땅에 떨어진다.

자광의 거래 대금을…….

페르노크는 포르라를 추락시킬 과감한 한 수에 옥새를
찍었다.

* * *

다음 날, 타이르의 국왕, 수이라가 율리아나와 독대했
다.
"이게, 사실인가?"
페르노크가 건넨 계약서를 수이라가 직접 살펴보았다.
몇 번 일루미나와 친교를 나누려 서신을 교환했기에 알
고 있다.
그곳에 찍힌 인장은 분명 옥새다.
"예, 전하."
"선단을 공격한 것이…….
"라키스일 확률이 높습니다."
"……확실한가?"
"이것만 가지곤 사실을 규명하기 어렵습니다. 단순한
거래에 불과할지도 모르니까요. 하지만 오늘 페르노크가
왕실을 떠나면서 제게 이렇게 말했습니다."

율리아나가 굳은 얼굴로 고했다.

"포르라가 자광을 반스에게 가져갔다고요."

"그럼 삼 왕자가 자신의 상단으로 반스를 지원해주기라도 했단 말인가?"

"자세한 내막은 알지 못하나, 자광이 어떤 식으로 퍼져 나가는지 꼬리를 자르기 위해선 여러 상단을 거치게 만드는 편이 좋습니다. 아마도, 포르라와 반스는 자광이 라키스에게 일정 이상의 수량이 흘러가도록 전달했을 확률이 높죠."

"추측인가, 확신인가."

"가설입니다. 마법사 협회와 라키스가 손을 잡고 가장 껄끄러운 상대부터 견제하려 할지도 모른다는 가정에 불과하죠. 하지만 그 시기가 몹시 공교롭습니다."

"그래. 진지 구축…… 그걸 내륙에서 반길 리가 없지. 특히, 라키스는."

수이라의 수염이 노기로 파르르 떨렸다.

"이 모든 말이 사실이라면 자광의 거래를 옥새로 보증한 필레나 여왕 또한 네게 우호적이지 않다는 뜻이다. 너는 어찌하겠느냐."

"아마도, 계약서를 부정하려 할 겁니다. 옥새가 찍혔으나 정확한 거래 일자를 모릅니다."

"즉, 전대 왕이 오래전부터 꾸며 온 일이라고 잡아뗄 수 있다고 생각하는 거냐? 그런 억지가 통하리라 보느냐."

"못할 이유도 없지요. 여왕님은 저보단 반스와 포르라를 더 왕위에 가까운 사람이라고 누누이 말했으니까요."

율리아나의 입가에 싸늘한 미소가 맺히자 수이라는 무심히 물었다.

"하면, 어찌하겠느냐."

"정말 그들이 노리는 것이 타이르의 전선을 방해하는 거라면, 제가 직접 맞이하겠습니다. 확실한 증거를 잡고 몰아친다면 경합에서 둘을 꼼짝 못 하게 만들지도 모르죠."

율리아나가 화를 눌러 담으며 말했다.

"얀을 전선에 보내도록 허락해 주십시오."

"기어이 13작과 충돌하겠군. 협회마저 등을 돌린다면 힘겨운 싸움이 되겠어. 페르노크 왕자와 잘 협력해야겠구나. 그는 르젠과 연이 있는 듯하니 좋은 패가 되겠어."

"안 그래도 이곳을 떠나기 전에 각자 역할을 정했습니다."

"무슨 말을 했더냐."

"제가 라키스를 막는 동안 페르노크는 포르라의 상단을 밀어붙이기로요."

"협회는?"

"증거물이 많으니, 이를 이용해 플레미르 공작을 불러낸다면 능히 협회를 막을 거라 하였습니다."

수이라가 감탄하여 고개를 끄덕였다.

"너의 그 비열한 첫째와 능구렁이 같은 셋째와는 결이 다르구나. 좋다. 진지 얘기를 하지 못하여 아쉽지만, 논의된 상황이라면 우리도 마땅히 응대해 줘야지."

수이라가 옥좌에 팔을 내리치자 대전이 울리며 가면을 쓴 얀이 나타났다.

"지난밤의 실태를 잊어 주겠다. 너의 구속도 풀어 줄 터이니, 네가 왕이 될 자격이 있음을 다시 한 번 내게 보여다오."

가면 속에서 얀의 눈빛이 흉흉하게 일렁였다.

"예, 전하."

* * *

루인과 리오는 오랜만에 한자리에 모였다.

"페르노크 님의 서신을 받았습니다."

"협회를 치시겠다더군요. 저에게 일임한 일을 어찌 리오와 나누라 하는 건지, 제가 못 미더운 걸까요?"

"아뇨. 어떻게 된 영문인지 모르겠지만, 타이르가 라키스에 날을 바짝 세우기 시작했습니다. 굳이 예민한 곳을 들쑤시지 말고, 가장 먹기 좋게 익은 협회를 노리라는 뜻이겠지요."

"이르군요. 1년은 생각했습니다."

"그 시간을 단축시킨 패가 무엇인지 성황국에 다녀오

신 후 알려 주겠다고 하셨습니다. 그때까지 세력을 모아 대기하라고 하셨지요."

루인이 언덕 아래, 바다에 몰려드는 이종족들을 살폈다.

저들과 함께라면 반슈타인과 일파를 상대하기에 결코 부족함이 없다.

그리고 페르노크까지 합류한다면…….

"참 오랜 시간이 걸렸군요."

루인의 입가에 섬뜩한 미소가 지어졌다.

보들레아의 추모식이 머지않았다.

* * *

성황국의 대신관 아리샤가 예배당에 들어섰다.

로브를 뒤집어쓴 누군가가 앞에 앉아 있다.

다른 사람들의 기척은 느껴지지 않았다.

"사람들을 모두 물렸습니다."

아리샤가 맞은편에 앉자 사내가 로브를 벗었다.

페르노크가 미소 짓고 있었다.

"오랜만입니다, 대신관."

이틀 전, 페르노크는 자신이 일루미나의 사생아이며 전란의 기운이 감도는 지금, 급히 논의할 것이 있다며 긴밀히 연락했다.

아리샤는 이미 페르노크가 일루미나의 왕자라는 사실

을 알고 있었다.

S급 길드장이 일루미나의 사생아로 나타나 당당히 왕위 계승 후보에 이름을 올린 건, 이미 전 세계를 쩌렁쩌렁하게 울리고 있었으니까.

그런 그가 갑자기 찾아온 이유도 짐작한다.

'아마도 경합에서 이길 수 있도록 도움을 요청하려는 거겠지.'

페르노크에겐 성황국이 갚아야 할 두 번의 빚이 남아 있었다.

경합에서 호위를 서는 것 정도는 충분히 감내할 만한 일이었다.

'협력은 나쁘지 않아.'

아리샤는 성황국이 한 곳에 고여 있지 않기를 바란다.

페르노크의 대화를 최대한 긍정적으로 수용하기 위해서 이미 교황의 허락도 받아왔다.


[대신관의 안목을 나도 믿지.]


아리샤는 개방을 위한 첫 단계의 열쇠가 될 페르노크를 미소로 응대했다.

"반갑습니다, 길드장님. 아니, 왕자님이라고 불러드릴까요?"

"왕자가 좋겠군요. 오늘은 성황국과 진지한 얘기를 나

눌 생각이니까요."

"아직 왕자님께 갚아야 할 2개의 빚이 남아 있으니 편하게 말씀하십시오."

"그 빚 어디까지 허용 가능합니까?"

"듣고 판단해 보겠습니다."

페르노크가 고개를 끄덕였다.

"곧 라키스와 타이르가 충돌할 겁니다. 마법사 협회도 이 관계에서 벗어나지 못하고, 르젠의 왕위 구도는 절정에 치닫겠죠."

"세계의 혼란…… 일루미나는 항상 그 중심에 있었죠. 모든 나라의 전초기지로서 그만한 곳이 없으니까요. 무엇보다……."

"자광."

"……맞아요. 그 특별한 금속은 여러 가지 무기로 활용되죠."

"라키스의 천공 혹은."

"본국의 광열포처럼 말이죠."

라키스에 천공이 있다면 성황국엔 광열포가 존재한다.

천공은 그 자체로 사출되는 병기이지만 광열포는 마력을 모아 '고열'로 바꾸는 특별한 방식의 전술 병기다.

고열 변환에 대한 이론은 아직 다른 나라에서도 흉내 내지 못한 기술이다.

하지만 그 핵심에 자광이 차지하는 부분은 적지 않다.

"다만, 저희는 자광에 대한 의존도를 어느 정도 극복했습니다. 라키스와 달리 대체재 개발에 성공했죠."

"알고 있습니다. 하지만 일루미나의 가치는 성황국에서도 남다를 거라 생각합니다. 모든 나라의 한복판에 있다는 건, 바꿔 말하면 모든 나라와 연결되었다는 뜻이기도 하니까요."

"그걸 저희가 알아야 할 이유가 있나요?"

"교역의 중심이 될 수도 있습니다. 그곳에 신전을 세운다면 어찌 될까요?"

아리샤가 미소를 머금었다.

"왕자님은 그 말의 의미를 알고 계십니까?"

"종교를 받아들임으로써 귀족의 반발이 심해지겠죠. 하지만 그 또한 억제제를 둔다면 충분히 제어할 수 있습니다."

"억제제?"

"새벽 신전의 사건과 마찬가지로 본국에 자리 잡은 신전에서 불경한 사건이 발생한다면, 그 나라에 직접 처벌하고 또한 성황국은 그에 합당한 배상을 해야 한다."

"그건, 그 나라의 뜻대로 신전을 좌우할 수 있게 만들어 주는 강제력이 부여되지 않습니까. 성황국의 권리를 침범하겠다는 말을 제 앞에서 해도 되시겠습니까?"

"개혁엔 변화가 필요합니다. 성황국은 더 이상 성지가 아닙니다. 곧 난세가 도래하고 성황국도 선택의 시기가 찾아오겠죠. 누구의 손을 잡으려 하십니까?"

아리샤의 미소가 진해졌다.

"저희를 필요로 하는 곳."

"저는 어떠십니까."

직설적인 말에 아리샤가 웃음을 흘렸다.

"분명, 저희가 빚을 지곤 있지만 그건 왕자님 개인에게
해당되는 일입니다. 경합에 도움을 줄 정도까진 생각하
고 왔지만 다른 국가와 정면 충돌을 하고 싶진 않습니다.
특히, 라키스와는요."

"라키스가 두려우십니까?"

"그로 인해 벌어질 참상이, 수많은 시체의 산과 피의
강을 이룰까 어지럽군요. 신전 하나를 짓자고 성황국은
수십만의 신자들을 잃을 수 없습니다."

"무엇이든 해 줄 거라 생각했는데, 성물을 찾아드린 것
만으론 부족했나요?"

"개인에게 갚아야 할 빚이 국가와 국가 간의 분쟁으로
확대되지 않도록 조절해야 한다는 의미입니다. 예컨대,
왕자님께서 신변 보호를 요청하셨을 때, 다소의 충돌은
감내하겠다는 뜻이지요. 하지만 전쟁을 원하시는 거라면
무게가 달라집니다."

"그럼 동등한 무게를 맞춰드리면 어떨까요?"

"저희가 라키스와의 전쟁도 불사할 명분이 있습니까?"

되묻는 말을 기다렸다는 듯이 페르노크가 옥새를 꺼냈다.

순간, 아리샤의 입매가 굳어졌다.

옥새에서 느껴지는 신성한 기운이 교황의 것과 같았기 때문이다.

"초대 교황과 초대 국왕은 서로의 발전을 기원하며 성령석을 사용해 옥새를 만들었습니다. 지금 필레나 여왕이 가진 것은 가짜고, 제가 가진 것이 진짜입니다."

"……!"

"3대째부터 이 기록은 지워졌으며 가짜가 진짜로 날조되어 지금의 일루미나를 지배해 왔습니다. 저는 이런 부조리함을 뿌리 뽑고, 다시 한번 질서를 바로 세우려 합니다."

페르노크가 아리샤를 응시했다.

"이만하면 성황국이 직접 전쟁에 참여할 명분으로 충분하겠습니까?"

"……."

"믿기지 않는다면 서고를 뒤져 확인해 보십시오. 일루미나는 지워졌지만, 성황국엔 남아 있을 겁니다."

페르노크가 옥새를 다시 품에 집어넣었다.

"그리고 단언컨대, 저와 함께하신다면 당대의 성황국은 이전에 이루지 못했던 수많은 위업을 달성하게 될 겁니다. 일루미나를 중심으로 말이지요."

"확인할 시간이 필요하군요."

"모든 절차가 끝나면 교황님께 전해 주십시오."

페르노크가 자리에서 일어났다.

"저는 유일하게 초대들의 인연을 기억하는 정통한 전승자라고."

페르노크가 두 번의 기회로 무언가를 하리라고 생각했었다.

하지만 옥새를 이용해 성황국 전체를 전쟁에 가담시킬 거라곤 예상하지 못했다.

개인의 은원을 해결해 주는 것과 국가의 명운을 모두 걸어 버리는 행위는 결코 동등한 가치로 보기 어려웠다.

"말씀대로 제게 주신 두 번의 기회는 오직 저를 위해 차차 쓰도록 하겠습니다. 그리고 이 제안은 어디까지나 국가와 국가 간의 동맹을 논하는 중대사임을 다시 한번 말씀드리죠."

페르노크가 로브를 뒤집어썼다.

그늘진 얼굴 밑에 미소가 맺혀 있었다.

"타이르와 라키스가 제일 먼저 충돌할 겁니다. 그때까지 성황국의 입장을 정리해 주십시오. 기다리겠습니다."

페르노크가 예배당을 떠날 때까지 아리샤는 그 자리에 앉아 있었다.

면포 속에 감춰진 얼굴은 무슨 생각을 하는지 전혀 알 수 없었다.

그러나 잠시 후 벌떡 일어난 아리샤는 급히 교황의 성전으로 향했다.

* * *

같은 시각, 필레나는 황당한 소리를 듣고 있었다.

"다시 말해 보게, 공작. 뭐라고?"

플레미르가 싸늘한 표정으로 말했다.

"제보가 하나 들어왔습니다. 셋째 왕자님께 자광을 추가로 더 주셨다고 하더군요."

"내가?"

"공식적으로 기록되지 않은 자광의 추가 유출은 셋째 왕자님을 거쳐 첫째 왕자님께 이어졌다고 합니다. 그 장부에 적힌 것처럼 첫째 왕자님이 자광을 추가적으로 몰래 확보해서 라키스에 넘겼다고요."

"나는 당최 무슨 말을 하는지 모르겠군."

"자광은 국가에서 관리하는 광물입니다. 각 상단에게 일정량 이상은 공급하지 않기로 했었지요. 한데, 기록되지 않은 추가 수량이 있습니다. 문제는 그것으로 '천공'이 만들어졌다는 겁니다."

"천공? 라키스 제국의 전술 병기?"

"자광을 핵심으로 삼는 천공이 몰래 만들어져 타이르 왕국의 선단을 공격했다."

"뭐, 뭐!?"

"흘려들을 수 없는 제보이기에 지금 왕자님들께 조사

단을 파견했습니다."

"갑자기 나타나서 무슨 헛소리를 하는 게야!"

그러자 플레미르가 필레나 앞에 한 장의 종이를 내려놓았다.

"……?"

옥새가 찍힌 거래 대금 명세서였다.

"은밀히 추진하셨더군요. 상단과 상단을 거쳐 수량을 조작하도록 왕자님들이 힘을 합친 모양인데, 이를 용납하신 게 여왕님 아니십니까?"

"난 이런 걸 찍은 기억이……."

지금도 옆에 두고 서류에 직인을 찍고 있어서 단언할 수 있다.

이 계약서에 찍힌 옥새는 분명 진짜였다.

"여왕님이 아니라면 승하하신 전하께서 하셨다는 말씀인데, 그건 조사해 보면 나오겠지요."

"제보자가 누구야!"

"말씀드릴 수 없습니다. 저번처럼 백작들의 죽음으로 꼬리가 끊길지도 모르니까요."

"공작!"

"전하."

플레미르가 감정을 억누른 목소리로 또박또박 말했다.

"관망자로 계십시오. 제가 이 자리를 박차지 않도록 말입니다."

어느 한쪽에 힘을 실어 버리겠다는 경고에 필레나가 입매를 다물었다.

반스와 포르라에게 혐의가 걸린 만큼, 플레미르가 경합에 힘을 실어 준다면 그 대상은 분명.

'페르노크.'

필레나는 두통이 치솟아 관자놀이를 손가락으로 문질렀다.

이 계약서와 옥새는 뭐고 왜 반스와 포르라가 함께 얽혀 갑자기 사건이 터지는지.

심지어 그것이 타이르 왕국의 선단 침몰과 관련되어 있다면…….

'전쟁.'

라키스가 최강국이라고 하나, 타이르에도 숨겨진 힘은 많이 존재한다.

전면전을 벌인다면 라키스가 승리하겠지만 희생도 만만치 않을 것이다.

그 틈을 노린 다른 국가들의 반발은 일루미나를 향할지도 모른다.

전쟁을 초래한 원인이 반스와 포르라에게 있다고 생각할 테니까.

"사태의 심각성은 인식하신 듯하니 더는 고하지 않겠습니다."

플레미르가 싸늘한 미소를 지었다.

"반스와 포르라의 상단을 압수수색하고, 두 왕자를 모두 성에 불러들이겠습니다."

* * *

플레미르가 반스와 포르라의 상단을 압수수색하고 두 왕자를 왕도로 불러들인다는 말을 율리아나가 접했다.

그녀는 페르노크의 가짜 계약서를 진실로 받아들이며 라키스와 마법사 협회에게 적의를 불태웠다.

수이라 국왕의 분노도 이루 말할 수 없었다.

"제국의 상단을 모두 쫓아내고, 협회의 분타를 이곳에서 지워 버리게. 감히, 타이르를 건드리고 뻔뻔하게 이 땅에서 지내려 한단 말인가!"

라키스와 마법사 협회의 거래를 모두 중단했다.

일방적인 통보와 더불어 율리아나를 앞세운 진지 구축에 나섰다.

전운이 감돌았지만, 어느 누구도 섣불리 움직이지 못했다.

라키스는 선단 사건의 주요 범으로 갑자기 급부상하여 그 원인을 찾는 데 급급했다.

마법사 협회도 마찬가지였다.

"설마, 라키스였다고?"

채굴장에서 죽은 제자와 마력이 상실된 마법사들.

처음엔 타이르를 의심했지만 선단 습격에 천공이 사용되었다는 의혹이 제기되자, 다르게 생각할 수밖에 없었다.

"스승님, 라키스라면 능히 그러고도 남을 종자들입니다! 13작엔 음흉한 놈들이 많지 않습니까! 타이르와 저희를 대립시키려고 선단과 채굴장을 동시에 건드린 겁니다! 그 특징마저 서로가 의심하게끔 꾸몄을 수도 있습니다!"

"포르라는?"

"지금 플레미르 공작이 진상조사단을 파견하는 바람에 단서 찾기를 중단하고 왕도로 귀환하고 있습니다."

"으음……."

"포르라가 반스에게 자광을 넘겨줬을 리가 없습니다! 어디서부터 꼬인 건지 전혀 알 수 없지만, 우리가 반스와 한패라는 오명은 벗어야 하지 않겠습니까."

반슈타인의 머리로도 이해할 수 없는 상황들이었다.

섣불리 입을 떼지 못하자 페드손이 강력히 주장했다.

"타이르와 대화를 재개해야 합니다. 그리고 서로의 오해를 풀어 라키스의 음흉한 행동에 힘을 합쳐야 합니다!"

"쉽게 볼 문제가 아니다."

"스승님!"

반슈타인이 미간을 찌푸렸다.

마음 같아선 페드손의 말처럼 타이르와 틀어진 관계를 회복하고 싶다.

라키스가 정말 그런 짓을 한 게 아닌가 싶을 정도로 구미 당기는 얘기들이 계속 오가며 타이르가 강경한 수단을 계속 쓰고 있었으니까.

'마음에 안 들어.'

하지만 마법사 협회의 수장은 알 수 없는 위화감에 사로잡혔다.

무어라 딱 잘라 말하기 어렵지만, 주위에 널려 있는 탐스러운 명분들을 덥석 집어삼키면 탈이 날 것 같은 느낌이었다.

"포르라가 조사를 끝마치고 나서 방향을 다시 정해야겠구나. 넌 가서 원로들을 소집하거라. 긴히, 얘기를 나누어야겠다."

"알겠습니다!"

페드손이 급히 달려 나갔고 반슈타인의 고민은 깊어졌다.

하지만 그들에게 오래 생각할 시간은 주어지지 않았다.

타이르가 라키스에 적개심을 키우고.

플레미르가 반스와 포르라를 왕국에 부르며.

마법사 협회가 웅크린 이때.

페르노크는 과감하게 움직이기 시작했다.

* * *

마법사 협회장을 직접 원하는 전장으로 끌어내리려면 어떻게 해야 할까.

고민에 대한 답을 루인은 아주 시원하게 해 줬다.

[반슈타인은 의심이 깊은 자입니다. 하지만 한 번 해답을 얻기 시작하면 누구보다 빠르게 행동하죠. 그자에게 확신을 심어 줘야 합니다.]

이 모든 배후에 누가 있는지.
그 범인이 지금 어디에 숨어 있는지.
그곳이 바로 페르노크가 원하는 전장이다.
[여기서 뭐 하게?]
바몬트의 의문에 페르노크가 마법사 협회의 13번째 지부를 바라보았다.
"청소."
마법사 협회에서 반슈타인을 지지하는 심복들을 모조리 쓸어버린다.
그 과정에서 아주 약간의 행적을 풀어 놓는다면, 반슈타인은 분명 찾아올 것이다.
페르노크가 준비한 전장으로.
[정복이야!?]
초롱초롱해진 바몬트에게 씨익 웃어 준 페르노크가 로브를 눌러 쓰고 13번째 지부의 문을 열었다.

5장. **침묵 vs 시간**

## 침묵 vs 시간

마법사 협회 13번째 지부장 듀란이 와인잔을 책상에 내려놓았다.

깊은 밤에 바람 소리마저 들리지 않고, 낯선 기척만이 밖에서 느껴진다.

순간, 그의 눈동자가 빨갛게 물들었다.

"웬 놈이냐!"

고열을 머금은 바람이 문을 때려 부쉈다.

듀란의 얼굴이 일그러졌다.

그 너머에 지부 마법사들이 널브러져 있었기 때문이다.

"감이 좋군."

듀란이 소파 쪽으로 고개를 돌렸다.

언제 들어왔는지 느끼지도 못했다.

로브를 눌러쓴 사내가 소파에 엉덩이를 걸치고 있었다.

"네가 지부장들을 통틀어 제일 약하다고 들었다. 반슈타인이 이런 변방으로 내몰았다길래 별 볼 일 없는 수준인 줄 알았는데, 꽤 마력을 잘 느끼는군. 역시 마도사의 벽을 눈앞에 둔 마법사여서 그런가."

페르노크가 천천히 일어서자 듀란은 온몸이 뻣뻣하게 굳었다.

어느새, 발밑에 드리운 그림자가 그의 몸을 꼼짝도 못하게 묶었기 때문이다.

'이건······.'

부 지부장의 그림자 속박술과 유사한 마법이다.

소리 소문 없이 퍼지는 마법.

이자는 적어도 마도사에 근접해 있다.

결론이 떨어진 순간 듀란의 이마에 식은땀이 흘러내렸다.

"누구의 사주를 받고 찾아왔지?"

"대답은 네가 죽은 뒤에 반슈타인이 대신 듣게 될 거야."

협회장과 은원관계가 있을지도 모른다는 생각.

혹은 최근 들어 대립하는 각 나라의 세작일 거라는 판단이 섰다.

'어쩌면 선단 습격도 이 자객을 보낸 세력 쪽에서 주도한 게 아닐까.'

의문투성이의 사건을 해결할 열쇠가 눈앞에 있었지만 듀란은 감히 손속을 나눌 생각조차 못 했다.

페르노크에게서 흘러나오는 마력이 몹시 흉흉하고 압도적이어서, 결코 자신이 상대할 자가 아니라고 판단했기 때문이다.

"캬핫!"

듀란이 비명에 가까운 소리를 내지르며 그림자 속박을 떨쳐 냈다.

그리고 고열의 바람을 사방에 퍼트려 페르노크의 눈을 가리려 했다.

"쓸데없는 희생은 피하고 싶군."

발광하는 검이 바람을 가볍게 갈랐다.

"너와 부지부장. 그리고 반슈타인을 따르는 놈들의 목이면 충분해."

"자, 잠깐……!"

페르노크의 검이 듀란의 목을 베었다.

창밖으로 떨어진 목에 행인들의 비명이 울려 퍼질 때, 주인 잃은 몸은 바닥에 쓰러졌다.

그리고 흘러나온 영력과 마력을 모조리 빨아들였다.


동화율 - 50.2%


어느 순간부터 다시 정체를 맞이한 동화율은 쉽게 오르

지 않았다.

하지만 반슈타인을 따르는 마법사들은 양질의 마법과 마력을 보유하고 있었다.

전쟁을 앞두고 되도록 양질의 마법을 확보해야 할 페르노크에게 군침이 흐를 만한 먹잇감들이었다.

[다른 놈들은 안 죽여?]

"반슈타인과 관계없는 놈들까지 죽일 필욘 없지."

페르노크가 아티펙트를 반지의 형태로 돌리며 주위를 훑었다.

"목격자가 필요해. 누군가 습격했고 그 꼬리를 반슈타인이 추적할 수 있도록 만들어 둬야 하지."

13번째 지부는 빠르게 정리됐지만, 사투를 벌인 것마냥 흔적을 새겨 뒀다.

그 수법이 몹시 특이하여, 관련된 단서를 발견한 순간 찾아올 수 있도록 벽 곳곳에 인위적인 자국들을 만들었다.

"이 정도면 충분하겠지."

[그럼 이제 돌아가서 기다릴 거야?]

"아니."

페르노크가 로브를 눌러 쓰고 지부를 박찼다.

"최소 절반은 지워 버려야지."

밤하늘에 떠오른 날카로운 시선이 다음 지부를 향한다.

* * *

각국의 대립으로 긴장이 고조되는 이때.

원로들과 향후를 논의 중이던 반슈타인은 난데없는 소식을 전해 들었다.

"뭐?"

"13지부장 듀란이 죽었습니다! 13지부의 간부진들도 모조리 목이 베었습니다."

반슈타인이 탁자를 내리쳤다.

"누구야!"

"아직 조사 중입니다. 하지만 현장에서 독특한 흔적을……."

"내가 직접 가겠다."

안 그래도 예민해져 있던 신경이 결국 폭발하고 말았다.

반슈타인이 제자와 함께 13지부에 들어섰다.

벽면에 새겨진 특별한 흔적들을 눈에 담을 무렵, 충격적인 보고가 새롭게 들렸다.

"7지부장이 살해당했습니다!"

"…….!"

방식은 13지부와 똑같았다. 모두 목이 베었고 치열한 전투 끝에 여러 상흔을 공간에 새겼다.

그리고.

"4지부장이 죽었습니다!"

"흉수가 15지부를 쑥대밭으로 만들었습니다!"

사건은 일주일 간격으로 계속 들려왔다.

흉수가 몇 명인지 밝혀지지도 않은 상태에서 같은 흔적만 발견되었다. 그리고 반슈타인은 이 지부들의 공통점하나를 파악했다.

'내 일파를 노리고 있다.'

모두 반슈타인의 추종자들이다.

흉수의 정체를 알 수는 없으나 반슈타인을 흔들어 버리려는 의도만은 분명히 전해졌다.

'누구야, 어떤 세력이지?'

지부를 습격받았는데 흉수가 누구인지 파악이 안 될 정도로 은밀하고 강하다.

'최소 마도사급이야. 마도사 중에서 이런 흔적을 가진놈이 존재하나?'

적어도 반슈타인이 알고 있는 마도사들 중에는 없다.

'은밀히 키워 왔어. 국가의 전력인 마도사를 전면에 내세우지 않을 정도로 강한 세력을 가진 나라.'

라키스의 생각이 머리를 스친 순간이었다.

"협회장님! 3지부가……."

"당장 남은 지부장들을 불러들여! 그리고 페드손!"

"예, 스승님!"

"흉수는 내 일파를 노리고 있다. 남은 지부장들을 쓸어버린다면 다음 행선지는 명확할 터. 내가 간다면 놈이 경계하여 도망칠지도 모른다. 그러니 네가 상대하되 절대 무리하지 말고 그놈에게 '표식'만을 남겨라."

"알겠습니다!"

페드손이 9지부로 향하고, 반슈타인은 협회의 전투 마법사들을 불러 모았다.

7레벨 이상의 마법사만 무려 30명에 달하고, 마력 증폭을 사용할 줄 아는 마법사들만 300명이 넘는다.

여기에 지부가 모인다면 그 수는 배로 불어날 터.

"우리를 뒤흔든 흉수가 발견되는 즉시 토벌할 것이다. 지금부터 1급 경계 태세에 들어간다. 한시도 긴장을 늦추지 말도록!"

"예!"

왕실로 들어간 포르라에 대한 걱정을 잠시 머리 한구석에 묻어 뒀다.

흉수가 만약 라키스라고 해도 이 일은 절대 곱게 넘길 수 없다.

'싸워야 한다면 타이르와 합쳐서라도 라키스에게 혈채를 받아 낼 것이다.'

의심 많은 여우가 마침내 굴 밖으로 모습을 드러냈다.

* * *

페르노크도 모든 지부가 협회에 몰려든다는 정보를 입

수했다.

알면서도 유일하게 지부를 유지하고 있는 8지부로 들어갔다.

기다렸다는 듯 8지부장을 비롯한 마법사들이 페르노크를 겨냥했다.

"흉수입니다!"

페르노크가 2층에서 걸어 내려오는 마도사를 바라보았다.

'페드손.'

반슈타인의 남은 제자이자 차기 협회장으로 거론되는 협회의 보물.

"오만한 놈."

S2를 향해 달려간다는 마도사가 페르노크를 싸늘하게 쳐다보았다.

"이곳에 사람이 몰려 있음을 알면서도 감히 들어왔단 말인가. 상당히 자신감이 넘치는 모양이구나. 그 배후에 누가 있는지 철저히 토하거라. 하면, 고통 없이 죽여 주마."

"해 봐. 할 수 있으면."

페르노크가 비웃자 일순 지부에 농도 짙은 마력이 내려앉았다.

사위를 어둡게 만드는 장막 같은 마법.

어둠 속성을 다룬다고 하여 흑마도사라고 불리는 페드

손이 삽시간에 공간을 장악했다.

펑!

페르노크의 왼쪽 소매가 터졌다.

'이 공간 안에서 자신이 원하는 부위를 노캐스팅으로 타격한다.'

눈길이 머문 순간, 이미 그곳은 어둠이 갉아먹는다.

'마력이 뭉치는 지점을 파악해서 피하면 그만이다. 하지만 이 공간째로 터트린다면…….'

지부에 다른 마법사들이 있어서 과격한 수단까지 동원하지 않았다.

오히려 페르노크를 만만하게 보았을지도 모른다.

생각보다 약해 보여서 제압을 목적으로 마도술의 출력을 약하게 조정했을 가능성이 높았다.

'지금 저 목을 베어 내면 편하긴 한데.'

아직은 페드손을 죽여선 안 된다.

반슈타인은 분명 페드손에게 흉수의 추적을 명했을 것이다.

페드손이 반슈타인을 전장으로 끌어내게 만들어야 한다.

그렇다면.

'농락해 주지.'

페르노크의 소매가 부풀어 오른다 싶은 순간, 페드손의 마력이 눈앞에서 터졌다.

쾅!

서로의 마력이 충돌하자마자 페르노크가 두 발자국 물러섰다.

입가에 흐르는 피를 쓰윽 닦아 내니, 그의 마력이 눈에 띄게 흔들렸다.

페드손의 눈이 번뜩였다.

'마도사다. 하지만 마도술을 깨달은 지 얼마 되지 않았어.'

페드손이 공간의 마력을 모두 페르노크에게 집중시켰다.

그 부분이 어둡게 물들자 맹수의 이빨처럼 로브를 사정없이 뜯어먹기 시작했다.

쾅!

페르노크가 자리를 박차고 물러서려 하자 페드손이 공간을 좁혔다.

어둠의 특성은 무겁게 짓누르는 중력과도 같은 것.

마도술로 승화된 페드손의 어둠은 공간에 가둬둔 상대를 찢어발기는 것과 더불어 구속구처럼 마력을 속박할 수 있다.

'용도가 많은 마도술이군.'

페드손의 마도술은 필히 거둬야겠다고 생각하며 페르노크가 마력강체술을 끌어 올렸다.

몸이 가속하여 어둠이 달라붙기 전에 이동하자 페드손

의 눈동자도 한층 날카로워졌다.

'강화계?'

페르노크가 공간을 찢고 탈출하는 모습을 눈여겨보았다.

"추격하겠습니다!"

"멈춰라."

"페드손 님!"

"놈에게 내 표식을 묻혀 뒀다."

줄행랑치는 페르노크의 뒷모습을 페드손이 비웃었다.

"스승님께 고하여 놈을 조종하는 세력이 무엇인지 확인할 것이다."

"하여, 손을 약하게 쓰신 거군요!"

"다들 준비하거라. 스승님께 합류하여 놈들을 일망타진할 것이다."

"예!"

8지부가 혼란을 수습하고 페드손을 따라 협회 본부로 향했다.

도착한 페드손은 곧장 반슈타인에게 달려갔다.

"스승님, 흉수에게 표식을 묻혔습니다. 현재 남쪽 지방으로 이동 중입니다."

"남쪽이라면…… 해안가?"

"그곳 바다에 제법 많은 섬들이 있습니다."

반슈타인의 눈이 차가워졌다.

바다와 타이르의 선단이 함께 연관되어 떠올랐다.

'그 흉수 놈이 타이르의 선단까지 관여되었다면……'

반슈타인이 실소를 흘렸다.

모든 지부장들과 마법사들이 바짝 긴장했다.

그의 눈동자에 어린 노기를 살피고 있었기 때문이다.

"감히, 협회를 농락했단 말이지."

모든 답이 그곳에 있다.

반슈타인은 확신에 가까운 판단으로 몸을 일으켰다.

"협회는 지금부터 흉수를 처리한다."

"예!"

반슈타인이 수백의 마법사들을 이끌고 페드손이 새긴 표식을 따라 해안가를 넘어섰다.

\* \* \*

배를 빌려 페드손의 표식을 이정표 삼아 바다를 갈랐다.

잠시 후, 수많은 섬이 눈에 들어왔다.

"저 안쪽으로 향하고 있습니다."

반슈타인이 손을 들어 올리기 무섭게 바람과 물의 마법이 배에 추진력을 더했다.

수백 명의 고위 마법사를 태운 배가 잔잔한 바닷물을 가로질러 여러 섬들이 모인 특이한 장소에 도착했다.

"과연……."

반슈타인이 곳곳에서 느껴지는 인기척에 고개를 끄덕였다.

"……이래서야 아무도 이곳에 무엇을 숨겼는지 모를 만하겠군."

페드손이 아니었다면 이곳에 누가 살고 있는지도 관심 없었을 것이다.

"대단하군. 참, 대단해."

적막한 바다에 반슈타인의 감탄사가 흘러나왔다.

"어찌 이런 자들이 숨어 있는 걸 지금까지 모를 수 있었단 말인가!"

순식간에 반슈타인의 마력이 섬을 감싸 안았다.

이곳에 머문 자들이 모두 감지되었다.

한데, 유독 특이한 두 개의 마력이 있었다.

하나는 페드손이 표식을 남긴 마도사 홍수였고, 다른 하나는 자신의 마력 장악에서 아주 느긋하게 움직이고 있었다.

섬의 중심부에서 도발하듯 마력을 흘려보내는 그 특별한 인기척을 감지하며 반슈타인이 고했다.

"이 섬의 살아 있는 모든 것들을 죽이고, 홍수 몇 놈만 가져와."

"제가 표식을 새긴 놈은 어찌할까요?"

"제압이 가능하다면 팔다리를 잘라서라도 데려오거라.

하나, 위험을 감수해야 한다면 목을 자르고 어떤 세력이 개입되어 있는지 증거를 찾아와라."

"알겠습니다, 스승님."

고개를 꾸벅 숙인 페드손이 섬의 서쪽으로 향했다.

지부장들은 각기 나뉘어 반슈타인이 지시한 지점을 습격했다.

그리고 반슈타인은 홀로 섬의 중앙으로 걸어갔다.

쾅쾅쾅쾅!

밤하늘에 폭죽을 터트리듯이 곳곳에서 화려한 전투가 펼쳐진다.

하지만 유독 중앙으로 향하는 길은 고요했다.

잎사귀 하나 흔들리지 않고 시간이 정지한 것처럼 모든 사물이 굳어 있는 그곳에 반슈타인이 들어섰다.

섬과는 어울리지 않게 중절모를 눌러쓴 노신사가 지팡이를 짚고 있었다.

넓은 공간 속에서 노신사의 압력이 이상하리만치 익숙하게 느껴진다.

"오랜만이군."

노신사가 중절모를 벗고 얼굴을 들어 올린 순간, 반슈타인의 눈동자가 거칠게 흔들렸다.

젊은 시절의 호쾌한 모습은 사라지고, 눈가에 자글자글한 주름이 가득했지만, 그 눈동자와 머리 색 그리고 입가에 흐르는 서늘한 미소가 옛 인연을 떠올리게 만들었다.

"루…… 인……?"

루인이 웃었다.

"기다렸네, 반슈타인."

씹어뱉은 소리가 터져 나왔을 때, 섬을 장악한 반슈타인의 마력에 침묵이 덧씌워졌다.

\* \* \*

반슈타인의 눈동자가 거칠게 흔들렸다.

"살아…… 있었나……?"

"허허허, 유령이라도 본 것 같은 표정이군. 내가 살아 있는 게 신기한가?"

평소의 교양을 벗어던진 모습에서 젊은 날, 치기 어린 루인의 모습이 드러난다.

"언제나 침착했던 네놈이 그런 얼빠진 모습도 보일 줄 알고, 세월이 참 많은 것을 변하게 했어. 그렇게 생각하지 않나, 반슈타인?"

루인의 날카로운 시선을 받자 반슈타인은 벼락이 등줄기에 내리꽂는 듯했다.

'살아 있었다고? 루인이?'

수십 년 전의 일이다.

마법사 협회에서 반슈타인에게 위험 마물의 소재를 가져오라 명했고, 마침 루인의 용병단과 뜻이 맞아 함께하게 되었다.

제법 죽이 잘 맞은 두 사람이 크고 작은 의뢰를 연달아 해결한 끝에 위험 마물을 토벌했다.

둘 모두 7레벨의 마법사였고 함께 뜻을 모아 보자는 생각도 했었다.

하지만 그녀가 문제였다.

보들레아.

저주받을 연금술.

마법을 위협하는 학계의 이단아.

보들레아가 그 후손이란 사실을 알게 된 순간, 반슈타인은 협회에 보고하여 처분을 허락받았다.

친분은 연금술이란 이름 앞에 모두 지워졌고, 공을 세울 기회라는 생각만이 머릿속을 가득 채웠었다.

"연금술은 이 땅에서 영원히 사라져야 해."

용병단이 막아서자 반슈타인은 보들레아의 목을 치지 못했다.

하지만 그의 마법은 보들레아의 지병을 '가속'시키는 데 성공했다.

침묵조차 막지 못한 시간이 용병단의 안 좋은 부분을 자극했다.

우여곡절 끝에 용병단은 도망쳤지만, 반슈타인은 끝까

지 추격하지 않았다.

이미 시간은 보들레아에게 깊숙이 박혀 그녀의 죽음을 앞당겼기 때문이다.

반슈타인의 마법을 떨치기 위해선 마도사의 도움이 절실했을 것이나, 이 세상 어디에도 연금술사를 도와줄 마법사는 없었다.

반슈타인은 보들레아가 죽고 루인도 뒤를 따랐을 거라고 여겼다.

부부의 애틋한 사랑은 하나를 남겨 두고 떠나지 못하기에 보들레아와 루인은 이미 이 세상에서 사라졌을 거라고 생각했었다.

"왜?"

어째서 살아 있냐고.

수많은 의문이 담긴 짧은 말에 루인은 싸늘히 웃으며 그날을 되새겼다.

보들레아의 차가운 손이 이 손바닥에서 떨어져 내린 절망이 루인의 마법을 마도술로 승화시켰다.

"보들레아는 마력이 없는 평범한 인간이었다. 나보다 먼저 이 세상을 떠나고 말았지. 나 또한 편히 가려 하였지만, 하늘은 나를 가만히 두지 않더군."

반슈타인의 이마에서 식은땀이 흘러내렸다.

어느새 이 섬은 정확히 반으로 갈라져 있었다.

시간의 영역과 침묵의 영역.

팽팽하게 대립을 이룬다는 것 자체만으로 루인의 마도술이 어느 경지에 이르렀는지 알 수 있었다.

'S2의 마도사.'

이 또한 믿기 어려웠다.

루인과 반슈타인은 출생부터 다르다.

타고난 재능에 가문의 후원까지 받아 시간을 마도술로 승화시킨 자신과 떠돌이 용병 루인의 실력이 동급이란 사실을 받아들일 수 없었다.

과거의 망령들이 갑자기 나타나 목을 조이려 하자 반슈타인의 얼굴이 붉어졌다.

사라져야 마땅할 과오가 현실을 농락하는 것처럼 느껴졌다.

"하면, 얌전히 죽었어야지. 어째서 지금 모습을 드러낸 건가. 이제 와서 복수라도 하려고?"

"이미 시작한 지가 언제인데, 아직도 눈치채지 못한 것이냐."

그 순간, 타이르의 선단 사건이 반슈타인의 머리를 스쳐 지나갔다.

"설마…… 타이르?"

"선단뿐일까."

비웃는 말에 제자의 죽음까지 떠올린 반슈타인은 눈을 부릅떴다.

"네놈이 타이르와 협회를 이간질했단 말이냐!"

"나의 작은 주인께서 사사로운 복수도 허용해 주셨는데, 고작 타이르와 협회만으로 그칠 거라 생각하나."

"루인!"

"반슈타인. 나는 이날이 올 거라 생각하지 않았다. 모든 것을 접어 두고 죽으려 하였으나, 내게 은혜가 내려졌으니, 어찌 이를 마다할까!"

"아직도 연금술이라는 해괴망측한 공상에서 헤어 나오지 못했단 말인가!"

"연금술과 마법은 하나가 될 수 있었다! 네놈의 욕심만 아니었어도!"

루인이 지팡이를 땅에 내리찍자마자 반슈타인의 마력이 지면을 타고 반경 1킬로미터를 뒤덮었다.

공간 속에 또 다른 영역을 만드는 이중 마력 결계.

고농도의 마력이 응축되어 상대를 압박하는 마도사의 마력 장악술이다.

하지만 루인의 냉담한 미소에선 여유가 느껴졌다.

지팡이를 타고 흐른 마력이 지면에서 솟구치는 반슈타인의 마력을 휘감아 버린 것이다.

'침묵!'

루인의 마법 침묵은 상대방의 마법과 마력 모두 관여할 수 있다.

생명이 없는 마력도 생명체처럼 고요히 잠들게 만들어 통솔권을 잃어버리게 만든다.

특이계 마법 중 가장 까다로우며 반슈타인의 시간과 상극이었다.

'침묵은 마력을 타고 전염된다.'

한 등급 낮은 마도사였다면 마력의 양으로 밀어붙였을 테지만, 동급의 마도사라면 얘기가 다르다. 더 농밀한 힘으로 찍어눌러야 한다.

마법의 기본은 마력이기에.

이 동력을 상대에게 퍼트려야 비로소 마법은 발동한다.

쿵!

묵직하게 가라앉는 지면을 확인한 순간 반슈타인의 바위로 뛰어올랐다.

전방에 마력을 옅은 안개처럼 흩뿌려 마력이 곳곳에 스며들도록 하였으나, 루인이 지팡이로 원을 그리자 마력은 모두 그 안에 빨려 들어가 바다로 떠내려가고 말았다.

도저히 틈이 보이지 않는다.

'마력 컨트롤은 루인이 제일 못하는 분야였을 텐데, 성급하던 루인이 언제 이렇게까지 감정을 다스리게 되었지.'

반슈타인의 눈이 가늘게 좁혀졌다.

"보들레아가 살아 있었을 때, 이렇게 열심히 뛰어다니지 그랬나?"

감정의 기복을 노리며 후방에 심어 둔 마력을 터트린

순간, 루인은 가볍게 지팡이를 내리그으며 일대의 마력을 눈앞에 끌어당겼다.

반슈타인의 마력마저 침묵에 삼켜지는 모습에선 결연한 각오마저 느껴진다.

"여전히 음흉하고 음침하군. 그런 식으로 타인의 감정을 농락하는 네놈에겐, 제자의 죽음도 명예를 위한 수단에 불과할 뿐이겠지."

루인이 지팡이를 내리찍자 마력이 원형의 파동으로 퍼져 나갔다.

'먼저, 패를 내보이긴 싫지만.'

반슈타인이 마력을 뿌려 루인의 마력을 막는 것과 동시에 범위 밖에서 마법을 전개했다.

'저 마력에 닿는 순간 내 목소리와 행동이 잊히고 결국은 인지가 사라진다. 침묵은 마법사의 독약과도 같은 것.'

티끌도 닿아선 안 된다.

하여, 안쪽에서 발생시키는 마법이 아닌, 바깥에서 압박하는 마도술을 발동시켰다.

시간.

단순히 상대를 빠르게 만들거나 느리게 약화시키는 마법에서 벗어나, 마도술로 승화된 시간은 특정한 무언가를 왜곡시키는 경지에 이르렀다.

그의 시간이 닿는 모든 장소가 되감거나 노화되며 세상

과 단절된 듯한 '법칙'을 새로이 규정한다.

"시간이여."

마력을 발생하기 이전으로 되돌린다.

그리하여 생성된 마법은 형태를 유지하지 못하고 허공에서 사라졌다.

하지만 그의 시간은 여전히 조율된다.

이 법칙은 오직 상대에게만 부여되는 일방적인 대가였기 때문이다.

'마도사가 된 이후의 역량을 너와 나는 모르지.'

루인의 침묵이 어떤 마도술로 승화되었는지 알 수 없었다.

적어도, 그 단서를 끌어내야 했건만 루인은 철옹성 같았다.

어쭙잖은 마력 장악으론 흠집도 나지 않았다.

파삭!

주위에 튀어 오르는 물체가 빠르게 노화되어 재로 변하는 그 아찔한 시간 속에서 루인은 고요히 지팡이를 들어 올렸다.

시간이 마력과 마법을 무(無)로 되돌리려 하고 있었다.

어떤 자연계나 강화계를 동원해도 시간이 만든 법칙 앞에선 모두 무용지물이 되어 버린다.

항거할 수 없는 힘은 재앙과 다름없었으나, 오직 루인만이 이를 받아칠 수 있었다.

"보들레아……."

나지막이 고한 목소리가 마력을 타고 루인의 영역을 두드렸다.

그 순간, 반슈타인은 갑자기 소름이 돋았다.

되돌려지는 시간 앞에서 침묵 또한 사라지고 있건만, 알 수 없는 무언가가 회오리치며 그 전부를 빨아들이기 시작했다.

그건 심연과도 같은 구멍이었다.

터무니없이 아득하여 보는 이의 정신마저 삼켜 버릴 침묵의 마도술.

상실.

이는 마법과 마력을 모두 공허하게 만들어 버린다.

"채굴장!?"

반슈타인은 채굴장의 마법사들이 마법과 마력을 잃게 된 모습이 떠올랐다.

구멍이 확산되어 장벽처럼 넓게 퍼진 순간, 비로소 루인의 마도술이 가진 두려움을 깨달았다.

'저건 마력과 마법을 이 세상에 지워 버린다.'

시간처럼 처음으로 되돌리는 것이 아닌, 삼켜 갉아먹고 확장되는 전염의 형태.

하지만 보통은 수용 가능한 한계가 있지만, 이 장벽은 무한하게 뻗어 나가고 있다.

대해를 마주한 기분이지만 어째서인지 막막함보단 쓸

쓸함이 느껴졌다.

"죽음을 넘어서야 깨달았다."

장벽 안에서 한기를 머금은 목소리가 흘러나왔다.

"보들레아의 희생이 내 안에 구멍을 만들었고, 그곳에 죽음이 스며들어 공허함을 탄생시켰으니. 이 마도술은 텅 비어 버린 내 감정의 산물이다."

장벽이 확장되자 섬을 뒤덮은 반슈타인의 공간이 흔들리기 시작했다.

"루인……!"

반슈타인이 이를 갈았다.

침묵과 시간은 서로 상극이라 어느 한쪽의 우위를 점치기 어렵다.

한데, 마도술사가 되어서도 서로가 천적처럼 갉아먹고 있으니 이 지긋지긋한 악연에 반슈타인은 몸서리가 날 지경이었다.

"감히 살기를 바랐느냐?"

루인의 냉소가 반슈타인의 노기를 자극했다.

"죽을 자리를 찾고 싶다면 그년의 묏자리로 돌아가!"

반슈타인이 공간에 펼쳐 두었던 마력까지 모두 시간에 쏟아부었다.

상실이 마력을 갉아먹기 무섭게 시간이 다시 원상태로 되돌려 팽팽한 대립을 이어 나갔다.

'서로가 서로의 마법과 마력에 관여하는 특이계 마도술

이다. 어느 한쪽의 마력이 다하지 않는 한 이 구도는 무너지지 않아.'

지구전을 염두 해둬야 했건만, 루인은 아낌없이 마력을 연결시켰다.

그러면서 지면을 타고 오르는 변수까지 경계하고 있으니 조금의 틈도 보이지 않았다.

"진정, 같이 죽는 것이 네놈의 결말이더냐!"

"네놈을 죽일 수 있다면 뭔들 못할까."

"이 섬에 분명 네놈의 심복이 있을 터!"

반슈타인이 이를 악물며 씹어뱉듯 외쳤다.

"보들레아와 네 용병단처럼! 그들도 함께 죽일 생각인가!"

악몽을 되살려 일말의 흥분이라도 바랐건만, 루인의 눈동자는 여전히 싸늘하고 고요했다.

"네놈의 제자들이라고 하여 결코 다르진 않겠지."

"루이이이인!"

그동안 참아왔던 감정을 폭발시키며 상실에 더하자 반슈타인도 다른 마법사들의 지원을 기대할 여유는 없었다.

상극이 되는 특이계 마법사들의 전투는 서로의 규칙을 맞부딪쳐 힘이 다할 때까지 결판을 낼 수 없다.

유일한 변수는 외부의 개입.

하지만 페드손 쪽도 심상치 않다.

아니, 어느새 이 섬 주위에 묘한 기척이 몰려들기 시작했다.

'대체 뭐야. 이 섬에 뭘 감춰 두고 있는 거야!'

삽시간에 수천으로 불어나 버린 기척에 반슈타인이 식은땀을 흘리며 마침내 공간을 해제했다.

섬을 뒤덮은 마력까지 한꺼번에 모아 루인을 떨쳐 내고 이 섬에서 퇴각할 생각이었다.

"너는 언제나 그랬지."

하지만 이 소모전의 끝은 이미 정해져 있었다.

"가진 것이 너무 많아서 모두 거머쥐려 했어. 그토록 욕심이 많은 너라면 생에 미련도 가득할 거라 생각했지."

루인도 섬을 뒤덮은 마력을 회수했다.

"명예와 권력을 탐하는 놈은 도망치려 한다, 네놈처럼."

처음부터 반슈타인을 밀어붙이면 그가 퇴각을 선택할 거라고 예상했었다.

그 순간의 반슈타인은 분명 섬을 뒤덮은 시간의 영역을 회수할 거라고 페르노크 또한 동의했다.

하여, 꺼낼 수 있었다.

마도사의 영역이 모두 사라진 이때, 하늘의 달마저 삼켜 버린 염원의 산물을.

"빚을 갚아야 할 사람은 한 명 더 있었지."

부유섬이 찬란한 빛을 흩뿌렸다.

라이오닉의 마력이 개량된 전술 병기에 모두 집중되었다.

그것은 보들레아가 설계하고, 페르노크가 완성하여, 루인이 닦아 온 연금술의 정수.

"보들레아와 나. 처음부터 둘이었다."

서늘하게 웃는 루인의 옆에 젊은 날의 보들레아가 나란히 서서 웃고 있는 듯하였다.

반슈타인이 존재할 리 없는 환영을 향해 비명처럼 소리질렀다.

"이 저주받을 연금술 따위가아아아!"

상실이 파도처럼 밀려 왔고 부유성의 라이오닉이 맹렬하게 타올랐다.


트라이던트 포스.


라이오닉의 최종 병기가 거대한 빛의 기둥처럼 반슈타인을 집어삼켰다.

\* \* \*


페드손은 섬에 상륙한 직후 바로 터져 나온 두 개의 거대한 마력을 느꼈다.

'스승님 외에도 S2의 마도사가 한 명 더 있다!'

자연계나 강화계였다면 반슈타인의 상대가 되지 못했을 것이다.

그 어떤 마도술도 시간 앞에선 무력하니까.

하지만 지금 이 섬을 정확히 반으로 가른 마력은 시간에 대항하는 무언가를 가지고 있다.

몹시 공허하여, 있는 그대로의 모든 것들을 빨아들일 특이계의 마도술.

'스승님과 상극되는 힘.'

팽팽한 균형을 무너뜨리기 위해선 외부의 개입이 필요하다.

어중간한 마법사로는 불가능하다.

적어도 마도사급의 힘이어야 공간에 균열을 일으킬 수 있다.

'저 위험한 S2의 마도사부터 제거해야 한다.'

페드손이 지부장들을 돌아보았다.

"지부장들은 이곳을 맡으셔야겠소."

"예?"

"스승님의 마력이 심상치 않소. 지금은 이 팽팽한 구도를 깨뜨리는 것이 먼저요."

마도사답게 무엇이 우선인지 파악했다.

하지만 그건 상대 역시 마찬가지였다.

"루인이 감정에 휘둘리는 모습은 처음 보는군."

낯선 목소리가 들리기 무섭게 페드손은 언덕 위를 쳐다

보았다.

지부를 습격했던 로브의 사내가 이곳을 내려다보고 있었다.

"하기사, 원수를 눈앞에 두고 제정신을 유지할 자가 얼마나 있겠냐마는, 적어도 네놈들이 관여해서 초치면 안 되지."

페르노크가 천천히 로브를 벗자 페드손이 눈을 부릅떴다.

"페르노크 왕자?"

한데, 그 몸에 자신의 표식이 남겨져 있다.

"설마……."

"마르코."

어둠 귀퉁이에서 마르코가 모습을 드러냈다.

"마법사들이 루인에게 가지 못하도록 막아라."

"예!"

마르코가 어둠 속에 근원을 퍼트리자, 페드손은 생소한 힘에 오싹함을 느꼈다.

'마법사가 아니야. 한데, 이건 뭐지?'

심장을 조여 오는 듯 서늘하고 소름 끼치는 느낌이 곳곳에서 터져 나왔다.

몸을 숨기고 있던 아이들이 나타나 근원을 개방시켰다.

어둠이 조여들고 그 속에 색색의 원소들이 섞여 휘몰아

치자 마법사들이 마력을 일으켰다.

'위험해.'

자연계와 원소가 맞부딪치는 순간 무언가 일그러질 거라는 본능적인 경고가 머리를 뒤흔들었다.

근원을 처음 마주함에도 위험을 느낀 마도사의 직감이 탁월하다고 칭찬할 만하였으나, 페르노크의 수는 이제부터 시작이었다.

콰아아앙!

섬 안으로 들어간 마법사들에게서 굉음이 터져 나왔다.

그리고 지축을 뒤흔드는 거대한 괴물이 모습을 드러냈다.

"므으으으으으!"

전신을 땅굴족의 갑주로 무장한 뽈족이 양손에 도끼를 거머쥐며 전장을 뒤흔들었다.

"큰 족장에게 뽈족의 위용을 증명하라!"

전대 족장이 페르노크에게 배운 마력 응용법으로 타고난 신체에 폭발력을 더했다.

콰앙!

도끼질 한 번에 강화계 마법사가 바닷물로 날아갔다.

후방에서 자리를 잡은 자연계 마법사들이 그 흉흉함에 다급히 마법을 남발하였다.

하지만 갑주는 살짝 그을릴 뿐.

털에 달라붙은 불조차 아랑곳하지 않고 뽈족은 맹렬히

적진을 가로질렀다.

"저, 저게 뭐야!"

"몬스터?"

한순간에 난전이 되었으나 마법사들의 경험은 남달랐다.

모두 반슈타인을 따르는 우수한 전투 마법사들이었다.

강화계과 특이계를 앞세워 뿔족을 포위하고 자연계가 마무리하는 전술이 깔끔하게 이어지려 했다.

바다에서 그들이 튀어나오기 전까지는.

촤르륵!

바닷물에 빠진 마법사들을 갈가리 찢으며 비늘족이 솟구쳤다.

쇠사슬과 활을 가진 그들이 마법사들에게 시위를 당겼다.

그 수가 무려 수천에 달하니 정신을 차릴 수가 없었다.

"바, 방진을 짠다! 모여!"

지부장들이 다급하게 마력을 모으려 하자, 페르노크가 관찰안으로 흐름을 파악하고 아티펙트를 휘둘렀다.

콰아아아앙!

마법사들이 만든 장벽이 손쉽게 허물어짐과 동시에 뿔족과 비늘족의 공세가 여린 살가죽을 탐하기 시작했다.

근원의 아이들이 후방에서 지원을 감행하며, 비늘족이 육지에서도 힘을 발휘하게끔 바닷물을 내륙에 흘려보내는 재주를 선보였다.

우우웅!

페드손의 마력이 넓게 펼쳐졌다.

침입자들을 공간째 집어삼켜 버리려 했다.

그 영역의 위험성을 이미 경험한 페르노크는 순식간에 거리를 좁혔다.

페드손이 명치 앞에 얇은 막을 만들자 그곳에 주먹이 꽂혔다.

하지만 페르노크를 떨쳐 내지 못했다.

'버틴다고?'

어둠은 상대를 빨아들이기도 하지만 반사막처럼 튕겨 내기도 한다.

하지만 어떻게 되어 먹은 힘인지 태산처럼 꿈쩍도 하지 않았다.

오히려 페르노크가 진각을 밟으며 주먹을 틀자.

쾅!

페드손의 막이 산산조각 나며 허공에 띄워졌다.

"큭."

눈을 깜빡였을 땐, 페르노크가 다시 지근거리를 좁혀 오고 있다.

착지하여 자세를 잡을 틈도 주지 않았다.

오버 임팩트의 찬란한 빛이 글러브에서 터져 나오자, 마법은 반사적으로 어둠을 토할 뿐이었다.

콰콰콰쾅!

다듬어지지 않은 어둠이 빛에 깨져나갔다.

파편처럼 흩날리는 마력 속에서 페드손이 식은땀을 훔쳤다.

'시간을 주지 않아.'

마법에서 마도술로 전환되는 그 짧은 시간마저 허락하지 않겠다는 듯 페르노크의 공세는 매섭게 이어졌다.

'강화계가 이렇게 까다로운 타입이었나.'

지상에선 답이 없다고 판단한 페드손이 지면을 크게 박찼다.

순식간에 페르노크와의 거리가 멀어졌다.

고작 5초의 시간을 벌었으나, 마도사에겐 천금보다 귀한 여유가 생겼다.

우우웅!

마침내 영역이 이 일대를 집어삼켰다.

페드손의 마도술 '깊은 밤'이 칠흑과도 같은 어둠을 모든 이종족들에게 흩뿌렸다.

그것에 닿는 자들의 신변을 구속하고 마력이 향하는 곳에 어둠을 터트리는 공방일체의 마도술.

지부장들은 호기가 이쪽으로 기울어졌다고 판단하며 마력을 북돋웠으나, 페르노크가 희망을 잘라 버렸다.

"선."

허공에 떠오른 페르노크가 씨익 웃었을 때, 페드손의

등이 공허해졌다.

"……!?"

페드손의 영역이 좁혀지고 있었다.

아니, 갉아먹고 있었다.

섬을 반으로 가른 두 S2 마도사의 공간.

분명, 반슈타인의 공간 속에서 자신의 마도술을 펼쳤건만, 어느 순간 루인의 '상실'이 시간을 밀어내고 있었다.

"선을 넘었군."

반슈타인이 밀린다?

상상조차 할 수 없는 일이 페드손의 계산을 헝클어뜨렸다.

아주 작은 틈이 상실에 소멸되었을 뿐이지만, 페르노크에게 그 찰나가 대해만큼이나 넓고 큼지막한 먹이로 보였다.

쾅!

영역에 거미줄 같은 균열이 이르자, 이종족을 뒤덮은 어둠이 가셨다.

마도술이 뜻대로 제어되지 않은 그 순간, 페르노크가 마력의 폭발을 발판 삼아 페드손에게 쇄도했다.

순환 연동.

주위의 모든 기운을 빨아들여 완성된 빛은 새하얀 날이 되어 균열을 갈랐다.

'다시, 태세를 정비해야 해.'

그의 마도술은 공간이 뒷받침되어야 효력을 발휘한다.

한 번 꺼져 버린 밤은 새로운 어둠을 덧씌울 때까지 깊게 차오르지 않는다.

'젠장!'

깊은 밤을 베어 버린 페르노크의 빛은 도망칠 구멍을 만들어 주지 않았다.

어설픈 마력으로 맞받아치는 것도 불가능했다.

하여, 페드손은 영역을 빠르게 축소시켜, 마력의 농도를 높이는 방향으로 판단을 선회했다.

마도사의 공식과도 같은 영역의 응집.

얕은 밤이 방패처럼 모여들어 빛의 날과 맞부딪쳤다.

카아아앙!

서로를 관통하지 못한 힘은 허공에서 번뜩이며 줄다리기를 이어 가는 듯했다.

하지만.

파지직!

페드손이 이해할 수 없는 새로운 힘이 오버 임팩트에 실렸다.

그것은 순백의 뇌전이었다.

밤하늘을 찢어 가르는 굉음을 동반하며 눈앞이 모든 것을 집어삼켰다.

"크아아아!"

페드손이 기합을 터트리며 필사적으로 저항했다.

이것만 버티면 된다는 억지에 가까운 희망은 페르노크의 서늘한 미소에 짓밟혔다.

"넘지 말아야 할 선을 계속 넘지 않는가."

처음부터 페르노크는 페드손의 마도술을 깨뜨릴 생각이 없었다.

이미 선을 등진 건 페드손이었고, 그가 상실에 휘말리도록 밀어붙이면 그만이니까.

"시간이 되었군."

마력을 유지하지 못하고 추락하는 페드손이 밤하늘을 쳐다보았다.

어느새 세상이 새까맣게 물들고 있었다.

거대한 무언가가 달을 가리고 있었다.

그것 또한 마법사의 인지로 생각할 수 없는 미지의 산물.

어느새 상실은 사라졌다.

시간의 공간마저도 지워졌다.

두 S2 마도사가 섬에 두른 거대한 공간은 모두 중앙에 응집되었다.

페드손의 마력도 다시 돌아오려 하였으나, 저 압도적인 위용 앞에 다른 무언가를 생각할 여유는 없었다.

페르노크가 웃으며 외쳤다.

"발포하라!"

그리고.

콰아아아아아아!

부유성에서 강대한 마력이 빛의 기둥처럼 섬 중앙에 내리꽂혔다.

* * *

"크아아아아아아!"

트라이던트 포스와 상실이 위아래로 반슈타인을 삼켰다.

시간의 마도술을 주위에 펼쳐 모든 공격을 무위로 되돌리려 하였으나, 보유한 마력의 양이 다르다.

부유성에서 오랜 시간 축적된 라이오닉의 마력을 모조리 포신에 쏟아부었다.

그것으로도 모자라 루인의 상실이 반슈타인의 시간을 갉아먹는다.

"아아아아아아!"

반슈타인이 처절하게 몸부림쳤다.

살고자 하는 원초적인 본능이 마도사의 모든 것을 불태웠다.

트라이던트 포스가 더 이상 내리치지 않을 때, 반슈타인은 기어이 살아남아 그 자리에 무릎 꿇었다.

몸의 절반이 새까맣게 타 버렸고, 마도술도 상실되었으나 눈빛만은 아직도 분노에 가득 차 있었다.

쾅!

그 옆에 추락한 무언가를 돌아보며 반슈타인의 얼굴은 악귀처럼 일그러졌다.

"스…… 스승, 니임……."

페드손이 빨갛게 익어 버린 모습으로 처절하게 울부짖었다.

반슈타인이 제자의 심장으로 손을 뻗었다.

그 마력을 어떻게든 거머쥐어 다시 시간을 발동시킬 생각이었다.

퍼억!

루인의 지팡이가 반슈타인의 얼굴을 후려쳤다.

풀썩 쓰러진 그 앞에 페르노크가 착지했다.

"질긴 놈이군."

"왕자님의 도움이 아니었다면 아마 같이 죽었을지도 모릅니다."

"내 분명 너에게……."

"예. 살아남지 못할 거라면 복수도 하지 말라고 하셨지요. 해서, 저와 그녀가 함께 저 독한 놈을 처리하지 않았습니까."

페르노크가 피식 웃었다.

분노에 휩쓸려 자신을 내던질 줄 알았던 루인이 맑은 눈빛을 드러내자 안심하고 무방비해진 페드손의 심장을 손날로 갈랐다.

"커헉!"

페드손의 으깨진 몸에서 손을 빼내고 흘러나온 마력과 영력을 흡수하여 깊은 밤을 체내에 받아들였다.

미약하게 오른 동화율보다 이 특별한 마도술이 더 값지게 느껴졌다.

오랜만의 포식으로 달아오른 눈동자가 반슈타인에게 향한다.

새까맣게 타 버린 몸으로 어떻게든 기어가 삶을 연명하려는 모습을 가만히 지켜보았다.

루인이 그의 몸을 짓밟고 있었기 때문이다.

"반슈타인."

"네놈을 저주할 것이다! 죽어서도 네놈을 저주할 거야!"

살려 달라고 빌지 않았다.

그 독한 모습이 마음에 들었는지 루인이 웃으며 속삭였다.

"하면, 잘 지켜보고 있거라. 내가 네놈이 쌓아 올린 공든 탑을 어떻게 무너뜨리는지."

"연금술에 파묻힌 마법계의 이단아 주제에!"

"그 연금술이 마법과 함께 날아오를 세상은 머지않았다. 뭐, 네놈이 그 숭고한 뜻을 이해할 거라고 기대하지도 않았다."

루인의 지팡이가 반슈타인의 심장을 꿰뚫었다.

반슈타인이 눈을 부릅뜬 상태로 숨을 거뒀다.

그 찬란한 영력과 마력을 흡수하자 동화율이 단숨에 2퍼센트나 상승했다.

그리고 얻은 시간의 마도술까지 갈무리하며 루인에게 물었다.

"마법사 협회를 모두 몰살시켜 줄까?"

"그것 또한 방법이겠지요. 하지만 반슈타인과 똑같아지고 싶진 않습니다."

"그럼?"

"오랫동안 이어진 악연을 청산하고 싶습니다."

"협회장이 되겠다는 건가?"

루인이 고개를 끄덕였다.

"언제까지 연금술과 마법이 대립할 순 없습니다. 그 악순환을 끊어야 한다면 지금뿐이라고 생각합니다. 연금술과 마법이 화합하여 떳떳하게 나아갈 수 있도록 허락해 주십시오."

"협회를 거머쥔다…… 나로서도 반길 일이다만 반슈타인의 것을 그대로 계승할 수 있겠나?"

"반슈타인을 죽이는 것만으로 모든 복수를 끝내려 하지 않았습니다. 이놈이 연금술을 말살하려 했듯이, 저 또한 이놈이 협회에서 이룬 모든 성과와 기록, 그 행적들까지 전부 지워 버릴 것입니다. 세상 어디서도 반슈타인이란 이름이 남지 않도록!"

"네가 그런 결정이라면 나도 마땅히 존중해야겠지."

페르노크가 반슈타인의 영혼에 손을 올렸다.

소멸시킬까 생각했지만 루인은 반슈타인이 영원히 고통받기를 원했다.

방법이 하나 있다.

명계의 절대자들이라면 이 뜻을 알아차릴 것이다.

치이익!

오직 페르노크에게만 영혼에 각인이 새겨지는 소리가 들렸다.

이 각인의 뜻은 '내가 올라갈 때까지 절대 환생시키지 말고 절망을 안겨 줄 것'이라는 일종의 형벌이었다.

각인이 새겨진 반슈타인의 영혼이 명계로 치솟았다.

\* \* \*

반슈타인이 눈을 떴다.

황량한 벌판이 눈앞에 펼쳐져 있었다.

"여긴……?"

분명, 루인과 치열하게 싸우는 중이었다. 난데없이 거대한 성이 등장했고 치명적인 일격을 맞아…….

"망자의 세계는 처음이지?"

익숙한 목소리가 들려옴과 동시에 반슈타인은 깨달았다.

자신은 죽었으며, 이곳은 명계다.

그리고 눈앞의 저 여인은.

"보들…… 레아……?"

오래전 자신의 손으로 죽인 루인의 연인이라는 사실을.

"여긴 중간이라는 곳이야. 오직 위업을 달성한 절대자들만 오를 수 있는 특별한 공간이지. 본래, 너처럼 '격'이 떨어지는 놈들은 발도 디디지 못해야 마땅하지만 내가 억지를 부렸어."

"헛소리! 열등한 네년이 나보다 격이 더 높다고 지껄이는 것이냐!"

"아마도. 나는 너처럼 마력은 없지만 지식이 있었거든."

"지식…… 그 성!"

반슈타인이 보들레아를 노려보았다.

"네년의 작품이렸다!"

"아, 폐하께서 그 성을 띄워 주셨구나."

"루인까지 부추겨 나를 죽여? 감히 나르을!"

절규하는 반슈타인 앞에서 보들레아가 싱긋 웃었다.

"그 사람도 잘 지내고 있나 보네."

"보들레아!"

"처음 이곳에 왔을 때, 나는 그 사람을 보지 못했다고 생각했어. 내가 죽고, 루인도 따라서 죽었지만 명계가 낮선 내가 그 사람의 마지막을 살피지 못했다고 자책했었지. 하지만 네 덕분에 많은 걸 알 수 있게 되었어. 루인은 살아 있고, 성은 비상하여 마침내 연금술이 이어져 나간 다는 걸……."

반슈타인 그 앞에서 아무 말도 하지 못했다.

루인을 떠올리는 보들레아의 미소가 너무 맑았기 때문이다.

"다행이야. 그 사람이 살아 있어서."

"그럼 이제 환생길에 오를 텐가?"

검은 천 자락을 뒤집어쓴 누군가가 나타나자 반슈타인이 벌벌 떨었다.

그 존재만으로도 영혼이 두려움을 느끼고 있었다.

"아니요, 군주님. 마지막으로 기다려야 할 사람이 생겼습니다."

"네 남편 말이냐?"

"예. 루인과 함께하겠습니다."

"하면, 저자는 어찌하겠나?"

보들레아가 반슈타인의 어깨에 찍힌 낙인을 보고 웃으며 돌아섰다.

"폐하의 뜻대로."

반슈타인은 폐하가 누구를 지칭하는지 알 수 없었다.

삽시간에 몰려든 다른 두 존재의 위압감이 모든 생각을 집어삼켰다.

"끌끌끌, 폐하께 낙인찍힌 놈은 오랜만이다."

"흠, 어찌하여 주군께서는 이런 나약한 미꾸라지 한 마리를 특별히 가지고 놀라 명하신 건지."

재액군주와 오만군주가 절망군주 옆에 나란히 섰다.

"마도술이라는 것을 사용할 수 있느냐? 해 보거라, 내 친히 너의 처우를 결정해 줄 것이니라."

절망군주가 흉흉한 안광을 드리우자 반슈타인이 벌떡 일어났다.

저도 모르게 손을 뻗어 시간을 조작했다.

명계에 마력은 흐르지 않았지만, 영혼에 각인된 마도술은 그대로 펼쳐졌다.

황량한 중간이 일그러지는 모습을 물끄러미 지켜보던 절망군주가 피식 웃으며 어둡게 일렁이는 무언가를 꺼내려 했다.

그 순간.

쾅!

중간을 뒤흔드는 굉음과 함께 모든 시간이 부서졌다.

오만군주가 발로 가볍게 내리찍어 반슈타인의 마도술을 산산조각 낸 것이다.

"다시 해 봐."

반슈타인이 공포에 휩싸여 연거푸 시간을 만들었다.

되감거나 가속시키며 어떻게든 닿으려 하였다.

하지만 오만군주가 파리 쫓듯이 손을 휘젓자 모든 시간

이 사라졌다.

마도사가 된 이후 이토록 절망적인 상황이 있던가.

반슈타인이 무릎을 꿇자 오만군주가 팔짱을 끼고 못마땅한 표정으로 외쳤다.

"끝이야?"

"끌끌끌, 더 없는 모양인데?"

"격이라도 있다면 조금은 참작해 주려 했건만."

군주들이 반슈타인을 무심하게 쳐다보았다.

"장난감으로 쓰면 딱 알맞겠어."

페르노크의 낙인이 찍힌 대상은 명계로 올라올 때까지 중간의 지엄한 심판을 받는다.

군주들은 그 영혼의 격에 따라서 소멸시키기 전까지 수련용으로 활용하거나 가지고 놀다 망가뜨릴 장난감인지 판단하는데, 반슈타인은 엄연히 후자에 가까웠다.

"화, 환생하고 싶어……."

"끌끌끌끌."

반슈타인이 뒷걸음질 치려 했으나 무의미했다.

어느새 그의 팔과 다리가 재액에 삼켜져 사라졌다.

영혼조차 녹여 버리는 재액을 온몸에 풍기기 시작하자 다른 군주들이 물러섰다.

"쯧, 그놈의 역한 것 좀 그만 내라니까."

"네가 맡겠다면 알아서 하도록. 단, 내 심복인 보들레아의 원혼을 달랠 정도는 되어야 한다."

"끌끌, 걱정하지 마. 폐하가 올라오실 때까지는 영혼의 숨만 붙여 놓고 있을 테니까."

군주들이 저마다의 영역으로 돌아갔다.

반슈타인은 오갈 곳 없는 목만 열심히 돌려댔다.

그가 할 수 있는 유일한 발버둥을 재액군주가 입맛을 다시며 바라보았다.

"아아, 내 미련은 언제 해결해 주실꼬……."

"오, 오지 마!"

"아이야, 나랑 놀자꾸나. 내 너의 마도술의 원리가 몹시 궁금하니, 쓸데없는 발버둥은 그만치고 얌전히 네 죗값을 치르거라."

재액군주의 손이 반슈타인의 정수리에 닿았다.

"그 낙인이 찍힌 자는 명계에서조차 도망칠 수 없느니라."

얌전히 재액군주의 실험체가 되어 고통 받다가 페르노크가 명계에 올라온 후에 소멸하는 것.

절망에 몸부림치다 죽는 것만이 반슈타인에게 허락된 유일한 행동이었다.

\* \* \*

루인이 바위에 걸터앉았다.

다소 지쳤는지 새하얗게 질린 안색으로 고요해진 섬 중

앙을 둘러보았다.

"여기까지 오는 데 많은 시간이 걸렸습니다."

"앞으로 해야 할 일들이 더 많다."

"그럼요. 그래야지요……."

익어 가는 시체 너머, 고고히 띄워진 성에서 바다를 뒤덮을 듯한 울림이 터져 나왔다.

[섬광포 준비됐습니다.]

비늘족 때보다 50개가 더 늘어난 포문이 상공에서 섬 외곽을 겨눈다.

[모든 아군은 즉시, 그 자리를 벗어나 주시기를 바랍니다.]

뿔족과 근원의 아이들이 바닷물에 몸을 던졌다.

비늘족들이 그들을 데리고 빠르게 자리에서 이탈했다.

마법사들이 어리둥절한 표정을 지을 때, 페르노크는 루인을 보았다.

"저들을 품을 테냐?"

"반슈타인과 관련된 것들은 모두 사라져야 합니다."

루인의 싸늘한 미소를 본 페르노크가 고개를 끄덕이며 외쳤다.

"발포!"

성이 발광하듯 마력을 터트림과 동시에 모든 포문이 불을 내뿜었다.

콰콰콰콰쾅!

산탄하는 마력의 포탄은 그 자체로 피할 곳 없는 소나기와 같았다.

마법사들이 갖은 수단을 동원해 막아보려 하지만, 그들의 비명 소리까지 섬광에 삼켜졌다.

마법사들이 정리되는데 채 1분도 걸리지 않았다.

"7레벨 마법사들도 집중포화를 당하면 쉽게 먼지가 되는군."

연구소장은 섬광포를 더 개량할 수 있다고 자신했다.

한 가지 문제라면 잡아먹는 마력의 양이 상당하여, 충전식만으론 해결되지 않는다는 것이다.


[상륙하겠습니다!]


트라이던트 포스에 섬광포까지 사용하면 성은 부유 기능이 저하되기 시작한다.

강한 위력에 당연한 결과라고 생각하지만 페르노크는 이 상황이 마땅치 않았다.

"좀 더 출력을 올리고 싶군. 코어를 하나 더 만들어야 하나?"

"협회의 증폭 기술을 도입하면, 전술 병기를 사용하고도 성의 부유 기능을 유지할 수 있을 겁니다."

"협회를 삼킨다는 발상은 나도 지지한다만, 협회장이 되기 위해선 자격이 필요해."

명문 가문이나 혹은 협회를 오랫동안 지지해 왔던 증명 같은 것들.

아무리 공석이 된 자리라 해도 협회장엔 어중간한 마도사를 앉힐 수 없다.

혈통과 실력을 함께 갖춘 자만이 다음 협회장직에 도전할 자격이 생긴다.

"왕자님, 아그네스의 뜻을 아십니까?"

페르노크가 고개를 젓자 루인이 웃으며 말했다.

"100년 전, 마력 증폭 기술이 탄생하는 데 관여한 가문의 이름이 아그네스입니다."

"설마…… 협회 소속이었다고?"

"아뇨. 저희 가문은 그저 마법사 협회와 마력 관련 이론을 연구하는 탐구자들의 가문이었습니다. 협회가 저희 이론을 가져갔고, 세대를 거쳐 가며 가문은 쇠퇴하였지요. 제 대에 이르러선 이름만 남겨진 껍데기에 불과했습니다."

문득, 마력과 관련된 여러 가지 기술을 성에 도입했던 루인의 방식이 떠올랐다.

"마력 코팅도 아그네스 가문의 것이었나?"

"제가 개발했지만, 토대는 아그네스였습니다. 저는 언제가 가문의 이름을 달고 다니기 부끄러웠습니다. 퍼 준 것은 많은데, 얻지 못하니 세상에 이런 호구가 어디 있겠습니까. 하하하하!"

루인이 너털웃음을 터트리며 자리에서 일어났다.

"하나, 지금은 잊힌 가문의 힘이라도 사용할 상황이군요. 걱정하지 마십시오. 협회가 주장하는 마력 증폭 기술엔 아그네스의 지식이 들어 있습니다. 비록 협회가 인정하는 순혈 가문은 아니지만, 공로는 충분하니, 아그네스의 이름을 댄다면 협회의 원로들은 반드시 인정할 겁니다."

"일파까지 만들 수 있겠나?"

"반슈타인이 사라진 협회는 새로운 마도사를 갈구하고, 자신들과 관련 있는 자이기를 바랍니다. 아그네스든 뭐든, 협회와 인연 있는 마도사는 우대하겠죠. 제 지식 몇 가지 풀면 알아서 마법사들은 모이게 됩니다. 그리고 제겐 그림자가 있지 않습니까."

루트밀라가 넘겨준 5, 6레벨의 마법사들.

"공석이 된 지부장 자리에 그들을 추대하고 제가 중심을 잡으면 얼추 그림이 완성될 겁니다."

"난 오래 기다려 줄 시간이 없어."

"알고 있습니다. 반슈타인이 죽었으니 포르라의 힘도 약화될 테고, 반스가 본격적으로 움직이겠죠. 하여, 라키

스가 왕자님께 칼을 겨누기 전까지는 협회를 장악해 놓
겠습니다."

"필요하다면 리오와 이종족들을 데려가도록."

"예."

루인이 싸늘하게 식어 가는 시체를 뒤로하고 성에 돌아
갔다.

페르노크는 섬 외곽으로 향했다.

모든 것이 새까맣게 타 버린 자리에 발광하는 영혼들이
가득했다.

아군의 피해는 전무했다.

완벽한 승리의 전리품으로 수백 명의 영력과 마력을 흡
수하자, 수많은 마법과 사용법이 머리를 스쳐 지나갔다.

페르노크가 씨익 웃으며 수면에 떠오른 아군들에게 외
쳤다.

"정비하고 다음 전쟁을 준비한다!"

* * *

반슈타인과 일파가 섬에 들어간 지 일주일이 지났다.

어떤 연락도 닿지 않자, 협회에서 마법사들을 파견했고
충격적인 모습을 목격했다.

"으허억!"

협회의 마법사들이 새까만 시체가 되어 있었다.

반슈타인과 페드손의 모습을 찾지 못하여 즉시 협회에 보고했다.

원로들이 직접 남은 지부장들까지 이끌고 섬을 수색한 끝에 페드손을 발견했다.

그리고 반슈타인으로 짐작되는 시체를 근처에서 찾아 냈다.

"……."

아무도 말을 잇지 못했다.

S2의 마도사이자 시간을 다루는 세계에서 손꼽히는 실력자가 처참하게 죽을 거라고 누가 상상이나 했겠는가.

원로들은 바스러질 것 같은 시체를 수습했다.

그리고 수도에 불려 간 포르라에게 이 사건을 전했다.

"그게 무슨 말입니까?"

"반슈타인 협회장께서 돌아가셨습니다."

"……."

"흉수는 아직 발견되지 않았습니다. 하지만 타이르의 선단과 채굴장을 이간질한 세력과 동일하다고 판단합니다."

"……라키스."

"왕자님, 확실하지 않습니다."

"지금 타이르가 라키스에 날을 바짝 세우고 있지 않소!"

포르라가 책상을 거칠게 내리쳤다.

"이런 빌어먹을! 경합을 치르는데 왜 협회장이 죽고, 나는 수도에 조사나 받고 있냔 말이야!"

절규하는 포르라를 뒤로하고 협회로 돌아온 마법사들은 시급한 문제에 직면했다.

"임시 협회장으로 파르갈 원로가 선임되었소. 하지만……."

파르갈은 실력이 아닌 인망으로 잠시 자리를 맡았을 뿐이다.

라키스와 타이르가 팽팽하게 대립하고, 르젠마저 전쟁을 보이려는 이때.

협회가 세력을 유지하기 위해선 강한 마도사가 필요하다.

하지만 어느 가문을 뒤져 보아도 걸맞은 마도사는 보이지 않았다.

반슈타인과 두 제자는 협회에서 가장 바라는 힘 그 자체였기 때문에 대체할 자를 누구로 선발할지 머리가 아파 왔다.

"이러면 우린 포르라 왕자를 지지할 수 없소!"

"일루미나의 경합에 참여했다간 다른 왕국에서 가만두지 않을 것이오!"

"가뜩이나 타이르와는 한 번 충돌하지 않았습니까!"

"오해든 뭐든 그들은 약화된 협회에 알력을 행사할 것입니다!"

모든 지부장과 원로들이 지켜보는 가운데 치러진 회의

는 웅크려야 한다는 쪽으로 결론을 내리는 듯했다.

반슈타인의 죽음이 공표되고 난 이후에 협회가 감당할 시련에서 벗어나야 하기 때문이다.

그때, 협회로서는 상상조차 못 한 존재가 나타났다.

"루인 아그네스라고 합니다."

중절모에 지팡이를 짚고 나타난 노신사.

원로들을 압도하는 마도사의 역량을 뿜어내며 그가 새로운 협회장 선출에 도전장을 내밀었다.

"오랜 가문의 인연으로 협회의 어려움에 도움을 드릴까 하는데, 저에게도 협회장 자격을 내주실 수 있겠습니까?"

아그네스.

협회의 마력 관련 기술 이론을 도와준 작은 변두리의 가문.

지금은 사라져 버린 케케묵은 과거를 원로 중 한 사람이 기억해 냈다.

"아그네스! 마력을 탐구하는 자들의 후손이 아직도 살아 있었나?"

"정식으로 아그네스의 성을 이어받았습니다. 그리고 지금은 이렇듯 후학 양성에도 힘을 쓰고 있지요."

루인의 뒤에 시립해 있던 5, 6레벨의 마법사들이 고개를 들어 올렸다.

"마력 증폭 기술에 아그네스의 도움이 없었다곤 절대 말하지 못할 터."

날카롭게 다듬어진 기세가 좌중을 압도했다.

"지금 이 자리에서 아그네스 일파의 창립을 선언하겠습니다."

원로들이 원하는 조건을 모두 충족하는 자가 눈앞에 나타났다.

어느 누구도, 압도적인 루인에게 거절한다고 말하지 못했다.

그리고 반슈타인의 죽음과 아그네스의 창립이 세계를 뒤흔들었다.

6장. **확장**

# 확장

　마법 협회는 반슈타인 일파가 장악하고 있었다.

　반슈타인과 제자들의 죽음만으로 일파의 기둥이 흔들리는데, 이번엔 휘하 지부장들까지 모두 섬에 매장되었다.

　반슈타인 일파가 송두리째 사라진 자리를 당장 어디서부터 메워야 할지 고심하는 찰나, 아그네스가 찾아왔다.

　마력 증폭 기술의 이론을 제시한 탐구자들의 가문.

　수십 년 전에 씨가 말라 버렸다고 알려진 아그네스에서 S2의 마도사가 배출되었단 말은 협회를 뒤흔들었다.

　원로들의 주최하에 모든 지부장과 일파의 수장이 모였다.

　차기 수장으로 유력한 후보였던 반슈타인의 제자들이

사라진 지금.

마도사의 벽을 마주한 일파의 수장들이 협회장 자리를 노리려 하였으나, 루인의 모습을 보곤 침음을 삼켜야만 했다.

'어찌 S2의 마도사가 또 나타난단 말인가.'

'게다가 특이계의 마도사라고?'

'반슈타인이 사라졌더니, 그놈과 똑같은 마도사가 또 나타나!?'

각 파의 수장들은 반슈타인을 좋게 보지 않았었다.

그 일파의 영향력이 너무 강하여 기존 체제를 뒤흔들고, 제자들을 보내 주요 사업을 장악했기 때문이다.

이제 봄이 찾아오나 싶었더니 새로운 S2의 마도사가 협회장 자리를 요구한다.

원로들의 생각도 깊어졌다.

'경합을 받아들인 상태에서 우리 세력의 약화는 다른 국가의 먹잇감이 될 뿐이다.'

마력 증폭 기술을 이용해 마법사들의 역량을 일시적으로 강화시킬 수 있지만, 라키스나 타이르 하다못해 르젠과도 정면 승부를 점치기 어렵다.

반슈타인의 존재감은 그 정도로 컸다.

그의 부도덕한 행위를 알고 있음에도 원로들이 묵인할 만큼 S2의 마도사란 세계를 뒤흔들 무력의 상징이었으니까.

'아그네스…… 아그네스……!'

아그네르스를 기억하는 원로들은 저마다 복잡한 심경을 드러냈다.

루인은 말석에 앉아 일파와 지부장들의 모습을 느긋하게 살폈다.

'아직도 여유가 있나.'

루인이 조소를 머금었다.

아직은 반슈타인의 죽음이 불러올 여파가 실감하지 못하는 듯했다.

그러니 조금은 이들을 후려쳐 현실을 자각시키게 만들어 줘야 했다.

'페르노크 님께 적대 행위를 한 놈들은 우선 축출시켜야겠지.'

몇며칠파와 지부장들을 살핀 루인이 지팡이를 바닥에 두드렸다.

소리에 이끌리듯 모든 자들의 시선이 루인에게 모였다.

"회의라고 들었습니다. 한데, 다들 말씀이 없으시군요."

"흠흠, 루인 아그네스. 이곳은 대회의전이오. 그대의 가문을 인정했다고는 하나, 일파 창립의 건은 쉽게 결정짓기 어려운 상황이지."

"알겠습니다. 그럼 저는 이만 가 보겠습니다."

"응?"

루인이 자리에서 일어나 대회의전을 박차려 하자 원로장이 다급히 외쳤다.

"자, 잠깐! 어딜 가려는 것이오!"

"제가 필요 없다고 말하지 않았습니까?"

"아니, 우리가 언제 그런 말을 했다는 거요."

"여기 계신 분들께서 뜸을 들일 정도로 제가 한가한 사람으로 보이십니까?"

루인이 싸늘한 시선으로 돌아보자, 원로와 각 파의 수장들이 고개를 돌렸다.

은은하게 흘러나오는 마력의 기세가 그들의 심장을 옥죄어 왔던 것이다.

"선대께서 이르시길. 협회의 어려움이 닥치면 가서 도와주라 하셨습니다. 당신들은 뻔뻔하게도 아그네스와 공동으로 연구한 마력 기술을 협회의 자산으로 사용하면서도 아그네스가 몰락한 현실을 외면하지 않았습니까. 그럼에도 저희는 마지막 남은 인연을 지키고 싶어서 여기까지 왔는데, 어찌 무시와 경계로 일관하여 저를 곤욕케 하시는지요?"

쉼 없이 내뱉은 단어 하나하나가 원로들의 가슴을 후벼 팠다.

붉게 달아오른 얼굴이 민망했는지 헛기침을 한 원로장이 조심스럽게 말했다.

"아그네스의 공로는 분명 협회의 일원으로 받아들이기에 문제가 없소. 게다가 아그네스의 일은 유감이오. 우리에게 협조를 요청했다면 반드시 도와줬을 것이오."

루인이 실소를 흘렸다.

'없는 말을 쉽게 지껄이는군.'

아그네스는 루인이 10살이었을 무렵 과다한 연구비를 감당하지 못하고, 빚쟁이에게 쫓겨 망했다.

탐구에 미친 가문의 모습이 싫어서 루인은 아그네스를 떠났다.

가문이 멸망했다는 소식을 듣고 다시 찾은 저택엔 협회의 건물이 세워져 있었다.

애초에 루인은 아그네스의 방계였기에 복수를 하고 싶다는 생각조차 들지 않았다.

직계의 바보 같은 실태를 두둔해 줄 의리가 있을리 만무했다.

그저, 보들레아를 만나 방랑자 같은 삶에 안식을 찾고 싶었을 뿐이었다.

하지만 반슈타인의 죽음으로 페르노크에게 다른 은혜를 입었으니, 아그네스의 이름을 적절히 활용해 협회를 압박할 생각만 가득했다.

'너희들이 아그네스를 싫어하건 말건, 내겐 그건 큰 문제가 아니야.'

마력과 관련된 기술의 공로를 빼앗기기 싫어하는 고리

타분한 관념을 뒤흔드는 건, 압도적인 무력으로 해결 가능하다.

특히나, 무력의 중심이 사라진 지금은 루인의 뜻대로 판이 흘러갈 수밖에 없다.

"그럼 지금 증명해 보이시겠습니까?"

"무엇을?"

"아그네스가 멸망한 이유. 브라운 일파는 알고 있을 텐데요?"

그러자 브라운 가문의 수장이 어깨를 움찔 떨었다.

아그네스에 막대한 채무를 짊어지게 한 자가 그였기 때문이다.

"선대에게 아그네스에 대해 들었습니까?"

"그…… 그것이…….."

"모른다면 알려 드리지요. 아그네스는 브라운 덕분에 막대한 채무를 짊어지고 가문의 모든 것을 빼앗겼습니다. 협회의 마력 관련 기술 중 브라운이 주장한 몇 가지는 본래 아그네스의 것이었습니다."

일단은 한 명부터 시작한다.

"채무에 대해선 모두 끝난 것 같으니 더 거론하지 않겠습니다. 하지만 얼굴을 맞대고 지내기 불편합니다. 브라운을 제명하고 그 자리를 아그네스에게 내주십시오."

"그게 무슨 헛소리요!"

"우리 가문의 기술을 빼돌리기 위해 부정하게 채무를

부과하지 않았는가."

"난 그런 말 듣지 못했소!"

"감추고 싶었나 보군요. 하지만 나는 은원을 확실히 정리해야겠습니다. 브라운 뿐만 아닙니다. 아그네스의 것을 탐한 자들은 모두 협회에서 제명해 주십시오."

"아니, 이자가!"

"어디서 강도 짓이야!"

"여긴 협회야! 장사 놀음은 밖에서 해!"

루인이 원로들에게 시선을 돌렸다.

"협회가 벌려 둔 것이 참 많더군요. 여기 있는 자들로 감당할 수 있겠습니까?"

"으음…… 아그네스 일파의 창립은 허가하지 않았소."

"해서, 협회장 자리를 걸고 지난 은원을 모두 말끔히 해결하자는 것 아닙니까."

"그럼 아그네스는 어찌했으면 좋겠소?"

"협회장 자리를 걸고 마도술 대결이라도 해 보면 어떨까요?"

순간, 대회의전에 정적이 흘렀다.

"아그네스의 공로야 저들이 뺏어간 기술의 출처만 밝혀도 충분히 나올 터."

"하지만 그대가 협회의 구성원으로서 무언가를 한 공로가 없지 않소!"

"그거야 협회장이 된 후에 충분히 보여드릴 수 있지 않겠습니까."

"루인 아그네스!"

"여기 계신 분들은 아직도 반슈타인의 죽음이 무엇을 의미하는지 실감을 못하시는 듯합니다. 단언컨대, 그대들이 벌려 둔 일을 수습할 수 있는 사람은 이 자리에 오직 나뿐이오."

루인이 대회의전을 둘러보며 비웃었다.

"타이르를 건드리고 반슈타인마저 죽은 마당에 그대들이 뭘 할 수 있소?"

"……!"

모두 발끈하였지만 아무도 말을 하지 못했다.

"내 마법 하나 떨치지 못하는 그따위 실력으로."

어느새 루인의 마법이 이 자리를 지배하고 있었다.

그들은 입을 열지 못하고 나서야 자신들이 침묵에 삼켜졌다는 사실을 깨달았다.

"한 가지, 내가 협회장이 된다면 몇몇 자들을 제외하곤 지금의 자리를 보존케 해 주지."

루인이 서늘하게 웃었다.

"난 반슈타인과 다르다. 각자의 자리에서 열심히 한다면 얼마든지 이익을 나눠 줄 수 있다. 이것이 아그네스의 출사표다."

루인이 마법을 풀자 다들 헛바람을 들이켰다.

루인이 숨 소리만 감도는 대회의장을 떠날 동안 아무도

말을 잇지 못했다.

마법이 풀렸지만 침묵에 걸린 것처럼 다들 조용히 서로를 살필 뿐이었다.

\* \* \*

루인의 과격한 방식은 각 파의 수장들을 결집시키는 위협으로 작용되었다.

"오래전의 일을 들먹거리고 있소!"

"이거, 협회장 선거에 아그네스를 올렸다간 우리 목이 온전치 못할 것이오!"

"막아야 합니다!"

각 파의 수장들은 협회장 선거에 한 명의 후보를 제출했다.

모두의 이익을 대변해 줄 수 있는 로즈 가문의 차기 마도사였다.

그리고 각 파의 수장들은 의결권을 행사하여 루인이 협회장직에 오르지 못하도록 반대표를 던졌다.

남은 표를 가진 자들 중 몇 명만 합류해도 아그네스의 후보 선출은 불가능해 보였다.

하지만 원로들이 모두 루인을 추대했다.

"루인 아그네스는 전통과 명분과 실리를 함께 가진 협회의 보물이다."

대회의전에서 루인을 좋게 보지 않았던 원로장이 직접 지지하고 나섰다. 그러자 보수적인 마법사들의 시각도 점차 달라졌다.

"아그네스가 마력 증폭 기술의 발전에 기여했다고?"

"음, 코팅 기술도 아그네스의 이론?"

"다른 파벌들이 주장한 이론들은 모두 아그네스에서 비롯된 건가?"

연구에만 몰두하던 마법사들까지 칩거를 깨고 루인에게 모였다.

루인은 파벌 수장들의 지난 행적을 호되게 질책하는 한편, 연구자들을 위해 아낌없이 기술을 베풀어 주었다.

무려 S2의 마도사가 강의를 펼친다.

협회의 소외받던 마법사들이 몰려드는 건 당연한 일이다.

다급해진 파벌의 수장들은 원로전을 찾아갔다.

"아그네스의 공로가 인정된다 하여도, 지금까지 루인은 협회와 일절 관련 없는 외부인이었습니다!"

"갑자기 찾아온 그를 받아들이시다니요!"

"협회의 전통은 어디로 간 것입니까!"

원로장은 침묵했다.

원로들도 파벌의 수장들을 외면했다.

그들을 도와주기엔 루인의 제안이 너무나 매력적이었기 때문이다.

"아그네스를 축출하는데 선동한 가문들을 제가 협회장에 오르는 즉시 벌하겠습니다. 그리고 그들의 권한을 원로들에게 드리겠습니다. 어디까지나, 협회장이 된 저를 지지한다는 조건으로 말이지요."


은퇴만을 바라보며 협회에 자리 잡던 원로들은 반슈타인의 행동을 기억한다.

반슈타인은 원로들을 솜씨 좋은 도구로만 여겼었다.

각 파벌의 수장들은 그때 침묵하거나 반슈타인에게 동조했다.

지난 날의 기억과 더불어 그들이 새로운 협회장을 탄생시킨다면 또 어떤 취급을 받게 될지 알 수 없었다.

협회에서 원로란 보수적인 마법사들을 대변하는 과거의 유산이란 말만 듣고 있었다.

루인이 아그네스에 합류해서 말년을 아름답게 마무리하라고 제안하는데 어찌 혹하지 않을 수 있을까.

'루인은 S2의 마도사다. 각국의 경합이 심각해지고 있는데, 여기서 루인을 버릴 순 없다. 그를 협회장에 올리는 것 외에 타협할 방법이 없다. 협회가 존속하기 위해선 루인이 필요해.'

무엇보다 부족한 무력을 채워야 미래를 이어 나갈 수 있다.

약한 세력이 도태되는 세상에서 마도사 하나 없는 협회

가 무슨 수로 발언을 유지하겠는가.

"루인은 협회장으로서 부족한 부분이 없소. 그가 싫거든 선거에서 이기시오."

원로장의 단호한 말은 각 파벌에게 사형선고처럼 들렸다.

그들이 대놓고 루인을 지지하기 시작하자 고지식한 자유 마법사들이 표를 던졌다.

게다가 협회에 드리운 불안을 씻기 위한 무력이 루인에게 있다고 판단한 자들은 앞다퉈 루인을 찾아갔다.

반슈타인 일파가 사라진 자리를 아그네스가 채우기까진 채 한 달도 걸리지 않았다.

루인도 과격한 방식을 벗어던지고 부드럽고 온화하게 마법사들을 대하였다.

다른 파벌이 목소리를 높여 봐야 소용없었다.

대회의전의 대부분이 루인을 상석으로 이끌었으니까.

"자, 투표를 시작합시다."

수많은 마법사들이 모인 자리에서 루인은 웃고 있었다.

채찍과 당근을 절묘하게 섞어 보수적이고 개방적인 마법사들을 구워삶았다.

자신들의 권익만 주장하는 각 파벌의 권세는 반슈타인이 죽음으로서 저물었으니, 이 결과는 불 보듯 뻔했다.

* * *

한 달 만에 조사를 끝마치고 왕궁에서 나온 포르라가
충격적인 소식을 접했다.

새로운 마법 협회장으로 루인 아그네스가 선출되었다.

반슈타인의 죽음은 왕궁에서 이미 접했었다.
자광의 불법 반출과 더불어 믿을 수 없는 소식이었다.
불안함으로 하루하루를 버티다가, 플레미르가 혐의 없
음을 인정한 끝에 간신히 나왔건만.
이젠 듣도보도 못한 자가 자신의 후원 세력의 새로운
장이 되었다.
정신을 수습할 겨를도 없이 포르라는 상단의 막대한 재
물을 들고 마법사 협회 본부를 찾았다.
반슈타인의 죽음은 머리에서 지웠다.
루인 아그네스를 포섭해서 이 관계를 이어 나가야 했
다.
하지만.
"협회장께서는 공무가 바쁘시어 왕자님을 뵙지 못합니
다."
"뭐라?"

"무례를 용서해 달라는 말을 전하셨습니다."

"원로장은? 아니지, 브라운, 로즈는!?"

"원로분들께서는 지금 브라운과 로즈 가문 그리고 여러 파벌들의 처분을 직접 집행하고 계십니다."

"뭐, 뭐?"

루인의 심복이 된 루트밀라의 그림자가 무심하게 답했다.

"모르셨습니까. 이름 난 가문들이 반슈타인과 합작하여 아그네스 가문을 멸문에 이르게 한 것을?"

"……!"

"아, 한 가지 더 전해 드릴 말씀이 있군요."

그가 싱긋 웃었다.

"협회장님께서 당분간 대외 활동을 모두 접으라고 하셨습니다. 새로운 협회는 왕자님과 일절 관련되지 않을 거라며 단호히 선언하셨지요."

"……."

"살펴 가십시오, 포르라 왕자님."

새하얗게 질린 포르라에게 고개를 꾸벅 숙인 그가 협회 안으로 들어갔다.

호위들이 그 무례함에 살기를 드러내자, 협회에서 마법사들이 마력을 끌어 올렸다.

'협회가 나를 버려? 나를?'

포르라가 정신을 차리지 못할 때, 또 하나의 충격적인

소식이 전달되었다.

"왕자님, 급보입니다!"

전령이 가져다 준 소식을 접한 포르라는 하늘이 샛노래
졌다.

[페르노크 왕자의 용병들이 볼라노 후작을 죄인으로 압
송! 불법 자금 유통과 관련하여 플레미르 공작이 진상조
사단에게 사건 파악 지시! 대규모 병력이 볼라노 후작령
에 집결!]

페르노크의 칼이 포르라의 핵심 수족들에게 칼을 겨누
기 시작한 것이다.

\* \* \*

루인이 협회장에 오른 직후 흥미로운 서신을 보냈다.

[포르라의 비밀 사병 육성 일지.]

반슈타인이 협회의 기술을 이용해 나라에 허가받지 않
은 사병을 육성해 왔다는 것이다.

루인은 이를 협회장실에 숨겨진 금고에서 찾아냈으며,
증명할 장부를 함께 보냈다.

협회에 필요한 물품 중 반슈타인 일파에게 많은 부분이 들어간 거래 내역서.

자질 좋은 노예들을 사들여 귀족가를 거쳐 상단과 협회로 돌려보내는 인재 양성법.

대부분 협회 몰래 은밀히 추진한 내용들이 많았다.

'볼라노 후작이었군.'

포르라의 왼팔.

일루미나에서 손꼽히는 부유한 영지 볼라노 후작령.

모든 교역의 중심은 그곳에서 이루어졌다.

얼마나 감쪽같이 진행되었는지 장부가 없었다면 실체조차 파악하지 못했을 것이다.

'이놈을 치면 포르라는 완전히 붕괴되겠군.'

눈치채지 못하게 단번에 기습해서 끝내야 했다.

포르라가 만들어 놓은 시스템은 꼬리 자르기에 매우 용이해서 확실한 명분이 없다면 오히려 역공을 당할지도 몰랐다.

하여, 페르노크는 율리아나에게 가진 패 하나를 내놓으라 요청했다.

"포르라를 완전히 무너뜨릴 방법이 있는데, 함께해 볼 텐가?"

"그게 정말이야?"

"대신, 한 번에 찌르고 들어가야 해. 난 볼라노 후작을 쳐서 포르라를 떨어뜨릴 생각이야. 마법 협회장도 새로운 사람으로 교체된 지금 놈에게 남겨진 동앗줄을 확실히 끊는다면 우리 구도는 정말 명쾌하게 다듬어지겠지."

"……."

"반스와 누이 그리고 나. 하지만 반스를 칠 때까지 우린 손을 잡기로 했잖아. 군량미도 계속 최전선에 보내는 중이고. 이제 와서 난 빠질 수도 없는데, 누이 생각은 어때? 내가 포르라를 칠 수 있도록 힘을 실어 주지 않겠나?"

"뭘 원하는 거야?"

"포르라 쪽 세력의 부정한 자료들. 전부 정리해서 넘겨 줘. 증인이 있다면 더할 나위 없지."

"너…… 전부 쳐낼 생각이야?"

페르노크가 피식 웃었다.

"포르라의 자금력은 막대하지만, 모든 나라엔 각자 지지하는 왕족들이 있지. 새로운 협회장도 포르라를 지지할 거라 보긴 어려워. 게다가 용병은 내가 틀어쥐고 있어. 돈만 많으면 뭐 할 거야. 정작 활용할 세력이 없는데."

"……!"

"잘 들어. 귀족들만 정리하면 포르라는 이제 끝이야. 더 병신으로 만들고 싶으면, 모든 나라에서 상행을 못하게 틀어막으면 돼. 누이의 협력 한 번이면 끝날 일이야. 아주 간단하지?"

율리아나가 마른침을 꼴깍 삼켰다.

'무서운 놈.'

포르라를 죽이기 위해 지지하는 귀족들까지 모두 엮어서 처리해 버리려는 강단이 율리아나마저 서늘하게 했다.

아무리 그녀라도 나라의 귀족을 무더기로 처리할 배짱은 없었다.

어떤 반발이 따를지 모르고, 그 자리를 대체할 사람을 찾기 어려우며, 다른 귀족들에게 폭군이라는 말을 듣게 될 가능성도 높았기 때문이다.

"아무리 귀족들이 썩어 문드러졌다곤 해도, 이 나라의 국력이나 다름없는 존재들이다. 그놈들을 모두 치워 버렸을 때, 겁을 집어먹은 다른 파벌의 귀족들이 결속할 거란 생각은 안 해 봤어?"

"우린 경합 중이고 살아남는 한 명이 모든 걸 거머쥐는데, 뭣 하러 그런 자잘한 일들을 신경 쓰지?"

페르노크가 조소를 흘렸다.

"어렵게 생각하지 말고 가진 거 전부 넘겨. 그럼 내가 포르라는 확실히 끝내 놓을게. 누이도 라키스에만 전념할 수 있으니 얼마나 좋아. 안 그래?"

라키스라는 단어에 율리아나의 가슴이 뜨거워졌다.

근래, 최전선에 진지를 구축하기 시작하자 라키스의 병사들이 모습을 드러내기 시작했다.

얀까지 투입된 마당에 진지 구축에서 다른 곳으로 신경 쓸 여력이 없었다.

무덤의 경합을 최대한 끌어 주는 편이 율리아나에게도 이득이었다.

"대신, 조건이 하나 있어."

"뭐지?"

"포르라가 가진 단서. 나와 공유해."

페르노크가 씨익 웃었다.

"얼마든지."

그것으로 두 사람의 거래는 성립되었다.

율리아나는 일루미나의 왕위 후보자 답게 오랫동안 준비해 왔던 포르라 파벌의 치부를 정리해서 페르노크에게 넘겼다.

치명적인 것도 있었고 자잘한 내용들도 많았다.

개중엔 포르라에게 쫓기는 증인도 있었다.

페르노크는 루인에게 받은 장부와 율리아나의 정보를 함께 가지고 플레미르를 만났다.

"반스와 포르라의 심문 성과는 있었나?"

"포르라 왕자는 혐의가 미약합니다. 옥새가 찍힌 문서를 가지고 있어서 좀 더 조사하고 있지만 흔적을 찾긴 어렵더군요."

"내게 좋은 것들이 많은데, 우리 거래 하나 할까?"

플레미르의 눈이 가늘게 좁혀졌다.

"국익을 앞에 두고 사적인 행위를 추구하자는 겁니까?"

"아니. 난 부당한 것들을 바로잡도록 당신을 도와주고, 당신은 그런 나의 공로를 인정해서 내가 얻을 것들을 허용해 주는 거지."

페르노크가 볼라노 후작과 관련된 내용 일부를 플레미르에게 내밀었다.

납치라는 단어를 보자마자 플레미르에게서 살기가 흘러나왔다.

볼라노 후작을 향한 분노였다.

"아이를 납치해서 협회와 거래하고 불법 사병을 육성했다? 이게 사실입니까?"

"놀랍게도 신임 마법 협회장이 전대 협회장의 치부를 내게 의뢰했어. 용병이면서 왕자이고. 아무래도 경합이 펼쳐지다 보니 내가 반드시 포르라를 찌르고 들어갈 거라 생각했나 봐."

"신임 협회장을 만나뵈야겠군요."

페르노크가 손가락을 가로저었다.

"그가 나에게 모든 자료를 넘기고 협회의 치부를 들춰내서 바로잡을 것을 일임했어. 공작에게 얘기하는 건, 선택을 하라는 뜻이야."

"무엇을 말입니까."

"내가 협회장의 대리인으로 볼라노를 치고 난 후의 일

들. 예를 들자면, 공작이 계속 놓치고 있는 불법 상행의 흔적이라던가. 그것과 관련된 여러 귀족들의 처벌을 함께 논의한다던가. 그런 종류의 이야기지."

플레미르가 비로소 페르노크의 의도를 이해하고 헛웃음을 터트렸다.

"귀족들을 처벌하는 대가로 그들의 영지를 달라는 말씀이십니까?"

"영지는 국가의 것인데 어찌 함부로 내가 사유지처럼 다룰 수 있겠나. 나는 그저, 그 자리에 올바른 사람들이 앉혀졌으면 하는 바람이야."

"왕자님의 사람들을 말이지요."

페르노크가 피식 웃었다.

"포르라는 왕족의 품위가 없다. 이젠 협회도 등을 돌렸어. 이젠, 편하게 해 줘야 하지 않을까?"

"형제에게 칼을 겨누실 생각이신지요?"

"하하하, 경합이 다 그런 것인데, 이제 와서 무슨 큰 의미를 가진 것처럼 비장하게 얘기하나."

페르노크가 남은 장부를 플레미르 앞에 내밀었다.

"당신은 처음 나를 만났을 때 얘기했듯이 공정을 논의해. 남은 건 내가 감당할 테니."

"어찌하실 겁니까."

"볼라노를 친다. 당신은 참관인이 되어서 놈이 뒷구멍으로 빠져나가지도 못하게 틀어막아 줘."

"전 이곳을 나갈 수 없습니다. 이제 포르라 왕자님을 풀어 줘도 반스 왕자님의 조사가 남아 있으니까요."

플레미르가 페르노크를 응시하며 장부를 가져갔다.

"하나, 이번엔 방식이 나쁘지 않으시군요. 부조사단장을 보내겠습니다. 명분이 충분하고 대의가 따른다면 모든 것은 왕자님의 뜻대로 될 것입니다."

"당신은 아직도 누굴 따를지 정하지 않은 건가?"

"전 나라에 충성을……."

"형식적인 말에 감정이 없잖아. 돌아가는 상황을 보면 대충 짐작하고 있을 테지. 누구에게 승산이 더 높은지를."

"……."

"적어도 난 납치나 감금, 이런 식의 허접한 짓거리를 하진 않아."

페르노크가 자리에서 일어났다.

플레미르는 장부에 손을 얹은 채로 고개만 들어 올렸다.

"한 명이 끝나고, 남은 건 둘. 하지만 경합을 등한시하고 다른 나라의 힘만 빌리는 두 머저리들을 왕으로 내세운다면, 그대가 바라는 일루미나의 법과 질서는 어디로 향하겠는가."

그리고 떠나는 페르노크의 뒤를 플레미르가 한참 동안 바라보고 있었다.

* * *

[포르라 왕자가 마법 협회로 향하고 있습니다.]

루인의 그림자가 전해 준 소식을 듣고서 페르노크는 기지개를 켰다.

찌뿌드등한 몸을 풀며 주위를 둘러보니 각 길드장들이 무기를 착용하고 있다.

부조사단장이 다가오고 있었기 때문이다.

"언제 시작하실 겁니까?"

"지금 바로."

그 말을 기다렸다는 듯이 길드장들이 몸을 일으켰다.

모두 일주일 전부터 각 성에서 길드원들을 데리고 이곳에 숨어 있었다.

포르라가 심문에서 풀려나고 협회로 향하는 즉시 느슨해진 그 틈을 찌르기 위해서.

저 멀리 볼라노 후작령이 보인다.

"공작은 결정을 내렸나?"

"예. 죄인을 압송해 오라 하였습니다."

"반발이 심할 텐데, 영지전은 하지 말라는 건가?"

"죄인 압송에 필요한 모든 수단은 왕자님께 맡기겠다고 하셨습니다. 어차피 협회장의 대리인으로 지목된 이상, 양쪽의 요구 조건을 모두 맞추기 위해선 영지전보단 압송이 더 강한 명분일 거라고 하셨지요."

"나쁘지 않군. 귀찮은 절차를 생략할 수 있으니. 한데, 볼라노 후작이 사라진 영지는 누구에게 맡기기로 하였나?"

그러자 부조사단장이 고개를 조아리며 조심스럽게 답했다.

"보통 이런 경우 다른 파벌의 영지 없는 자들을 선발하는데, 반스 왕자님이나 율리아나 왕녀님은 지금 상황이 묘한지라. 아마, 1년 전에 은퇴한 귀족분들이나 원로들 중에서 임시로 선발할 듯합니다."

1년이란 말을 부조사단장은 특히 강조했다.

그 시기에 자리를 내려놓고 물러난 사람은 손에 꼽는다.

즉, 플레미르는 그들을 페르노크가 미리 휘하에 두라는 나름의 대가를 바친 것이다.

'길드장들 몇 명을 그들의 양자로 만든다면, 단번에 작위가 세습되어 다른 영지를 집어삼킬 때도 도움이 되겠지.'

플레미르는 생각보다 많은 호의를 페르노크에게 베풀고 있었다.

물론, 그에 응하여 볼라노 후작을 포함한 포르라 파벌의 영지를 가진 귀족들은 모조리 숙청할 것이다.

그 자리는 네임드가 거머쥔다.

"공작의 뜻은 잘 알겠다고 전해 주시게."

"예."

부조사단장이 볼라노 후작령으로 향했다.

페르노크가 길드장들을 둘러보며 외쳤다.

"오늘부터 다시 우리는 경계선을 넓힐 준비에 돌입한다. 이 중 몇몇은 귀족의 작위를 세습하게 될 것이며, 그 시발점은 볼라노에서 이뤄질 것이다."

"예!"

"기분에 취하여 무의미한 살생은 삼가라. 저항하는 병력들은 죽이되, 최우선 목표는 볼라르와 그의 심복들이다."

"가족은?"

엔리의 물음에 페르노크는 단호히 답했다.

"살려 둔다. 어차피 노역형이고, 가족들은 건들지 않는다는 자비 정도는 베풀어 줘야 우리 명분이 보다 확고해지니까."

오직 죄인만 압송한다.

그 하나의 명분이면 볼라노를 비롯한 다른 영지들을 치기에 몹시 충분했다.

"전리품을 챙기러 가자꾸나."

페르노크와 길드장들.

그리고 정예 마법사 수백과 각 영지에서 끌어모은 병사

들 수천이 볼라노 후작령으로 진군했다.

\* \* \*

볼라노 후작은 성루에서 집결하는 병사를 발견했다.

'페르노크 왕자…….'

그의 소문은 익히 들었다.

어떻게 영지들을 집어삼켰는지도.

하지만 이건 영지전이 아닌 협회와 왕실의 의뢰로 치러지는 심판이다.

"볼라노 후작! 그대를 수도로 압송하겠소!"

부조사단장이 볼라노 후작의 죄목을 하나하나 나열했지만 병사들은 흔들리는 기색 없이 자리를 지켰다.

그들은 모두 오래전부터 전쟁을 대비하여 포르라의 사비로 키워진 정예병들이었다.

"대체 낮부터 이 무슨 무례인지 이해할 수가 없군!"

"그대의 죄목이 모두 공작님 손에 있소!"

"하면, 어찌하여 수도에서 사람을 보내지 않고, 페르노크 왕자님이 직접 병력을 끌고 오시는가! 사건을 빌미로 이 영지를 삼키려는 수작임을 내 모를 줄 아는가!"

그러자 페르노크가 직접 아티펙트를 검으로 바꿔 앞으로 나섰다.

"신임 협회장이 내게 네 처분을 일임했기 때문이다."

"왕자님……."

"귀찮은 소리는 수도에서 공작한테 지껄여."

볼라노 후작이 노려보자 페르노크는 피식 웃었다.

"내가 받은 의뢰는 두 개다. 협회장은 너의 죽음으로 치부를 씻길 원하고, 공작은 너를 수도로 압송하길 바란다. 협회와 일루미나의 협상은 끝났지. 하여, 선택의 너의 몫이다. 얌전히 압송당할 것이냐, 이곳에서 죽을 것이냐."

"지금 왕자님께서 하시는 짓이 야만인들과 다르지 않다는 걸 알고 계십니까?"

"야만인도 그들 나름의 규칙이 있는 법인데, 너는 그걸 어겼잖아."

페르노크가 볼라노 후작에게 검을 겨눴다.

"상단에서 사들인 사람을 이곳에서 훈련시키고 다시 반슈타인에게 넘겨 강화시키는 작업을 했지?"

"……."

"반슈타인의 장부에 다 적힌 내용이다. 플레미르가 모든 사실을 알고 있다. 저항하는 즉시 형을 집행하라는 공문도 받아 왔지. 어찌하겠나? 계속 포르라 따위에게 충심을 다 바칠 것인가?"

볼라노 후작은 물러설 곳이 없다는 걸 깨달았다.

예고 없이 쳐들어온 페르노크의 포위망이 너무 굳건하여 어디로 빠져나갈 방법도 보이지 않았다.

'나 하나 입 다물고 죽으면 왕자님께 회생의 여지가 있겠지.'

볼라노가 검을 빼 들었다.

그러자 병사들이 활시위를 당기고 전술 병기를 준비했다.

"포르라 왕자님을 모셔 오시오. 그분께서 허락하시면 그때 수도로 가리다. 그 전까지 나는 부당한 요구에 응하지 않을 것이오!"

역시나 일루미나에서 손 꼽히는 부유한 영지답게 성벽부터 마법에 대한 대처가 잘 되어 있다.

하지만 페르노크에겐 그저 먹기 좋게 여문 열매에 불과할 뿐이다.

이곳에서 과실을 터트려 퍼진 씨앗까지 한 번에 집어삼킬 생각이었다.

파지직.

아티펙트에 새하얀 뇌전이 맺히기 시작했다.

"고작, 그따위 돌 쪼가리 뒤에 숨어서 대의를 논하다니."

페르노크가 검을 번쩍 치켜세워 올렸다.

"주둥아리 놀릴 대상을 잘 선택했어야지, 후작."

그리고 검을 세로로 내리긋기 무섭게 섬광이 성루를 휩쓸었다.

콰아앙!

두터운 성벽 한 귀퉁이가 그대로 무너져 내렸다.

눈 깜빡할 사이에 병사 수십 명이 새까맣게 익어 버렸다.

포르라의 파벌들이 후작가의 소식을 듣고 도망치기 전에 모조리 쓸어버려 그 영지를 가져와야 했다.

성벽을 허물어트리는 게 몹시 아까웠지만, 한시가 바쁜 지금 힘을 아낄 상황이 아니었다.

"너 따위와 노닥거릴 시간 없어."

"바, 발포!"

뒤늦게 정신 차린 볼라노 후작이 전술병기를 사용했다.

빗발치는 폭음 속에서 페르노크는 순환연동을 발동시켰고.

콰아아아아앙!

찬란한 섬광이 눈앞의 모든 것을 집어삼키며 성문과 성벽을 함께 휩쓸어 버렸다.

성루에서 추락한 볼라노 후작이 바위 더미에서 간신히 몸을 일으킬 때.

"헉…… 허억, 자, 잠깐……."

서걱!

페르노크가 그 목을 그대로 베어 버렸다.

그리고 굴러 떨어지는 목을 머리채 잡아 부조사단장에게 던졌다.

"공작에게 전해. 남은 영지도 내가 알아서 처리해 두겠다고."

볼라노 후작령을 점령하는데, 단 세 번의 검격이면 충분했다.

(이번 생은 황제로 살겠다 7권에서 계속)